ハヤテのごとく!

Hayate the combat butler

春休みの白皇学院に、幻の三千院ナギを見た byハヤテ

築地俊彦　原作・イラスト／畑 健二郎

オープニング

執事《しつじ》とは。
英国で言うバトラーであり、主人の身の回りの世話をする、使用人たちの長である。

執事とは。
ある種の喫茶店《きっさてん》においては、妙齢《みょうれい》の男性あるいは男装《だんそう》した女性が客を接待《せったい》し、よい気分にさせるウェイターである。

執事とは。
古今東西《ここんとうざい》あらゆる書物を読みこなし、抜群《ばつぐん》の知性と運動神経を備える完璧超人《かんぺきちょうじん》である。

執事とは。
主人の好機に槍《やり》となり、なにより危機に楯《たて》となる存在である。

そして三千院《さんぜんいん》家の執事とは……。

「ハーヤーテー!!」

東京の朝空に響《ひび》き渡る少女の声。

ハヤテは即座に自室から飛び出した。

綾崎《あやさき》ハヤテは十六歳。職業は高校生兼《けん》執事。いや、執事兼高校生というべきか。とにかく彼は高校生ながら執事職にあった。

執事として働く場所は、ここ、日本でも有数の富豪《ふごう》である三千院家。たった今、彼は主人の悲鳴を聞き、危機を救わんと全力疾走《ぜんりょくしっそう》をしているのであった。

長大な廊下《ろうか》を駆け、角を曲がり、階段を下りる。その速さたるや、まさに加速装置のついた島村《しまむら》ジョー、どこでもドアでの近距離移動だった。

「どうしました、お嬢様!」

樫《かし》の木でできた扉を、力一杯開ける。

小さな液晶《えきしょう》画面に向かっていた少女が、不機嫌そうな顔でこっちを向いた。

「このボスモンスターが倒せない!」

彼は勢い余って、顔面から絨毯《じゅうたん》に着地した。イスファハン産のカーペットに、顔の跡がつく。

「なんですか朝から!」

「こいつが倒せないんだ。何度やっても三死してクリアできない。助けてくれ」

「あのですね……」

ハヤテはこめかみを押さえた。

「お嬢様、ゲームで大声を出さないでください。なにか大変なことがあったかと思ったじゃないですか」

「このクエストをクリアしないと、上のランクにあがれない。大変じゃないか」

「強盗《ごうとう》でも入ったんじゃないかって思ったんです！　お嬢様になにかあったら……」

少女はきょとんとした。

「強盗なんて入るはずないだろう」

「最近は物騒《ぶっそう》ですから」

「入っても、ハヤテがいるから平気だ」

少女はにこりとした。

「ハヤテが退治してくれる。だからこの家は安全なんだ。そうだろう」

「は、はあ……」

屈託《くったく》のない笑顔に、彼はつい言葉を濁《にご》した。

低い身長に、両脇で縛《しば》った髪《かみ》の毛。可愛《かわい》らしいが、あまりいいとは言えない目つき。

そして少女の表情には、ハヤテへの全幅《ぜんぷく》の信頼があった。

彼女は、持っていた携帯ゲームを差し出した。

「だから、これのクリア方法を教えてくれ」

ハヤテは照れくさくなり、一度だけ咳払《せきばら》いをする。

「……これはですね、岩山に突進させれば角が刺さりますから……」

「おおっ！」

少女は感心の声を上げた。

彼女の名は三千院《さんぜんいん》ナギ。ハヤテの年若いご主人様である。

去年のクリスマス、ハヤテは両親から借金を押しつけられ、死に瀕《ひん》していた。その額《がく》一億五千六百八十万四千円也。高校生が人生を棒に振るには、十分すぎる額だ。

借金取りのヤクザに追われ、進退窮《しんたいきわ》まったハヤテは営利誘拐《えいりゆうかい》を思いつく。そのときの相手がナギだった。誘拐自体は未遂《みすい》となり、というかハヤテが本当の誘拐犯からナギを救うことになって解決し、彼はお礼ついでに三千院家に執事《しつじ》として雇われることになった。

雇われることになったものの、借金自体が消えたわけではない。一億五千万強の負債《ふさい》を払う代わりに働いているのである。自分より年下の少女を「お嬢様」と呼んでいるのもそのためだ。

三千院家での執事仕事は幅広い。屋敷の清掃から食事作り、ほころびの繕《つくろ》いから大工仕事までである。そしてこのような、ゲーム攻略のアドバイスも。

「……これでクリアできたでしょう」

「凄《すご》い！」

彼の説明通りにプレイしたナギは、賞賛《しょうさん》を惜しまなかった。

「こんなに簡単に終わるとは思わなかった。さすがハヤテだ」

「そんなことないですよ」

褒《ほ》め称《たた》えるナギの顔には、「使用人を褒める主人」以外に、特別な色が浮かんでいた。

ハヤテにとってナギは雇《やと》い主《ぬし》だが、ナギにはちょっと違う。雇用《こよう》関係を飛び越えた感情が存在しているのだ。

初めて出会ったとき、ハヤテはナギを誘拐《ゆうかい》するつもりだった。このとき言われた「僕は（人質として）君が欲しいんだ」との台詞《せりふ》を、彼女は別方向に解釈《かいしゃく》したのである。そのため誤解による様々なトラブルを体験しているのだが、そのあたりはいずれ。

「じゃあ、そろそろ朝ご飯にしましょうか」

ハヤテは携帯ゲーム機をそっとナギから取り上げ、テーブルに置きながら言う。

「マリアさんも食堂で待ってます」

「もう少し」

ナギは再びゲーム機を持った。

「せっかくだから続ける」

「朝ご飯を食べないと身体に悪いです」

「昼に沢山《たくさん》食べるから同じだ」

「そんな一日二食のマンガ家みたいなことを言わないでください。もう用意はととのってますから」

「ゲームの中で食べる」

「無理ですって。せっかく作ったのに、ご飯が冷めちゃいますよ」

「……それ、ハヤテが作ったのか」

「はい」

「じゃあ食べる」

顔を洗ってから行くと言い、彼女は洗面所に向かった。

ナギが着替えている間、ハヤテはメイドと一緒に朝食の仕上げをした。温かいトースト、カリカリに焼いたベーコンに卵を載せ、熱い紅茶を入れる。特製のイチゴジャムも添えた。これらを全て、デンマーク製の食器に並べておく。欧米《おうべい》ならベッドルームで食べることもあるが、ここは日本だ。ナギ専用の食堂で食べることになっていた。

洗顔をすませたナギがやってきた。眠たいせいか、あまり目つきがよろしくない。もとより無愛想《ぶあいそう》ではあるのだが。

「あらナギ、おはよう」

こう言ったのはハヤテではない。メイドである。

「ハヤテにゲームの邪魔《じゃま》をされた」

ナギはすねたような口調《くちょう》である。

「じゃあゆっくりご飯を食べられるわね」

「じゃあじゃない。ハヤテは主人の邪魔《じゃま》ばかりする。わがままな執事《しつじ》だ」

「なら片付けましょうか」

「あ、待って」

ナギは慌《あわ》てて制止した。

「食べないとは言ってない。もったいないじゃないか。その……」

「ハヤテ君が作ってくれたから？」

「うん……」

メイドはくすくす笑った。

このメイドの名前はマリア。三千院《さんぜんいん》の屋敷《やしき》にずっと仕えている。本名、両親、共に内緒。というか不明。四歳の時からナギの祖父に育てられているので、十年以上の月日をここで過ごしている。メイドとしての能力はかなり有能で、ナギにとっては友人であり、母親代わりでもあった。

ナギは「いただきます」と言い、朝食を食べはじめた。

ハヤテとマリアはその間、ずっと背後に控えている。どちらも主人と一緒に食事を始めたりはしない。ナギが終わってから台所で取るのだ。主人と食事を共にしないのも、また執事とメイドのつとめであった。

ナギが一通り食べ終わったので、ハヤテは紅茶のおかわりを注いだ。

セイロン産の茶葉《ちゃば》の香りが食堂に広がる。ナギはカップを手にしてくつろいでいた。

「今日はいい天気だな、ハヤテ」

「そうですね。今朝《けさ》の天気予報でも、一日中晴天だと言ってました」

「久しぶりに庭を散歩でもしようか」

彼女の声はどこか弾《はず》んでいた。

ハヤテから見て、今のナギはかなり上機嫌《じょうきげん》であった。食事前のやりとりはすっかり気にならなくなったらしい。食べ物というのは人の気持ちを和《やわ》らげる効果もある。

「それはいいですね」

とハヤテ。

「お伴《とも》します」

「うん。一緒に歩こう。下田《しもだ》ではのんびりできなかったからな」

「あれは……そうですね」

ハヤテは苦笑する。ナギは自分の肩に手をやった。

「効能なんか信じるんじゃなかった。ちっともましにならない。逆に身体がむずむずしたくらいだ」

なんだか年寄り臭いが、無理もない。実は少し前に伊豆下田《いずしもだ》の温泉に浸《つ》かりに行ったのだが、逆に大変なトラブルに巻き込まれたのだ。

「宇宙船があったくらいですから、効能はあるかもしれませんよ」

「もう温泉は懲《こ》りた」

文句は言うものの、顔つきはずっと穏やかだった。

これなら大丈夫だと思い、ハヤテはずっと考えていたことを口にした。

「ところでお嬢様、学校ですが」

突然ナギは天井のあたりを見回した。

「……マリア。今、不愉快《ふゆかい》な単語が聞こえたが」

「そ……そうですね」

マリアとしては、そう答えざるを得ない。ハヤテは咳払《せきばら》い。

「来月から学校なのですが」

「おかしい。ハヤテの声がなにも聞こえなくなった。ケータイのアンテナが立たなくなったか、まぬけ時空にとらわれてしまったか……」

「お嬢様?」

ハヤテは心持ち声を大きめにした。

「逃避《とうひ》行動を繰り返しても、カレンダーの動きは止められませんよ?」

ナギはきっとした目で、ハヤテを睨《にら》んだ。

「止められる。カレンダーを破かなければいい。そのままにしておけば、きっといつまでも春休みのままだ」

「それは無理ですから」

強く主張するナギを、ハヤテはやんわりと諭《さと》すように言った。

「来月から新年度です。二年生になるんですよ。楽しみじゃないですか」

「楽しみじゃない。いつまでも春休みがいい。DIOに今すぐ時を止めさせてくれ。百年くらい」

ナギは「ここから動かない」とばかりに、椅子《いす》にしがみついていた。

あと少しで春休みも終わり、学校は新しい年度である。二人とも高校一年生（ナギは十三歳だが飛び級）なので、めでたく二年生になる。

ハヤテは気分一新、うきうきだが、ナギは違う。「学校より家が好き。むしろ一生出たくない」と公言している。せっかくの休みが続いているのに四月から学校なんて、呪《のろ》われているとしか考えていなかった。事実、まれにしか学校に行こうとしない。

このお嬢様は、昔でいう不登校、今でいう引きこもりの気《け》があるのだ。ただナギの場合、登校時間が近づくと腹や頭が痛くなるケースとは違い、堂々と「行きたくない」と宣言するのである。どうしていつも偉そうな態度で学校に行かないのか、ハヤテもマリアも首を捻《ひね》っているが、決意を覆《くつがえ》すことは容易ではなかった。

「二年生の最初の日は、行った方がいいですって」

ハヤテは穏やかな様子で言う。ナギはそれでも不機嫌そう。

「どんないいことがあるんだ。限定版のフィギュアでも手に入るのか」

「新しい教科書はもらえると思いますけど」

「いらない。勉強なら家でもできる」

「学校でするものですよ」

「ここでいい。その方が楽だし頭に入る」

この台詞《せりふ》は嘘《うそ》ではない。ナギは一種の天才で、大学の専門課程レベルの学問なら楽々こなしていた。試験の成績も常に上位。勉強に限れば登校しなくても平気だった。

「でも学校は勉強だけのところじゃありませんってば」

ハヤテは続ける。

「新しいクラスですから、色んな出会いがあるかもしれませんよ。友達とか……」

「それは友達が少ない私への嫌味か?」

むすっとするナギ。

「僕はお嬢様より少ないですよ」

「……とにかく、行く理由が見あたらない。万が一、クラス替えがあったらどうするのだ」

「それはそれで、楽しみじゃないですか」

「楽しみなものか！」

ハヤテは「そうかなあ」と思った。彼はバイトに明け暮れていて、同学年の生徒と交流することが少なかった。なので、人間関係の輪が広がることは歓迎《かんげい》なのである。

ナギはもじもじしている。

「その……あのな、もしかして、ハヤテと違うクラスになってしまったら……」

ついっと視線をずらすナギ。ハヤテはきょとんとした。

「いいじゃないですか」

「なっ……！」

「新しいクラスなら友達増えますって。クラスが楽しくなれば、お嬢様もこれから学校に……」

ごすっ。ナギの投げたティーカップのソーサーが、ハヤテの額を直撃した。

「いっ、痛っ。お嬢様、なにをするん……」

「うるさい！　お前と違うクラスになるんだぞ!?　そっ、それを」

「僕は別に気にしません」

「……出てけー！」

激昂《げっこう》したナギによって、ハヤテは食堂を追い出された。カップ、皿、スプーン、ジャム、ついでに使いかけのバターまで投げられ、扉が閉められる。

「あっ、あの、どうしたんですかお嬢様。お嬢様!?」

「うるさい！　バーカバーカ！」

「そんなに朝食がおいしくなかったですか？　味には気をつけますから」

「当分顔を見せるな！」

扉の向こう側から怒鳴り声。ハヤテはなにがなにやらさっぱりわからず、おろおろしっぱなしだった。

マリアが出てきた。「しょうがない」といった表情。

「駄目《だめ》ですよハヤテ君。ナギにあんなことを言っては」

「はあ……。やっぱりおいしくなかったんでしょうか。自分では満足だったんですけど」

「そうじゃなくて、学校のことです」

「どうしてあんなに学校に行きたくないんですかね」

「クラスのことですって。違うクラスになってもいいなんて、ナギに言うから」

ハヤテは目をしばたたかせた。

「いいじゃないですか。いつもお屋敷で会っているんですから。新しいお友達が増えた方が、お嬢様も喜びますよ」

「……まあ、その天然っぷりにナギも怒ってるんだと思いますけど……」

マリアが呆《あき》れたような態度を見せる。それから彼女は、食堂内の気配をうかがいつつ、

「私たちも朝食にしましょう。ナギの様子は、あとで見に来ます」

「ええ。……でもお嬢様も、もう少し学校のことが好きになってくればいいんですけど」

厨房《ちゅうぼう》に向かいながらハヤテは呟《つぶや》いた。マリアは苦笑。

「引きこもりって単語が一般的になる前からの筋金入りですから、難しいですよ」

「幼稚園のころとか、もっと外に出なかったんですか」

ハヤテの台詞《せりふ》に、マリアは記憶を探る仕草をした。

「そうですね。あまりそういう想い出はありません。周りは大人ばかりでしたから、本とゲームが友達でしたし……考えてみれば、ずっと部屋にいますね」

「お嬢様の部屋の扉は、天《あま》の岩戸《いわと》や光子力《こうしりょく》研究所のバリアーより固いですからね」

「たまに学校に行きますから、まったく行く気がないわけではないんでしょうけど……」

突然背後から、「学校には行かないぞー!」と叫び声がした。聞こえたのだろうか。

ふたりは立ち止まり、振り返った。

「……やっぱり行く気はないみたいです」

マリアが自分の言葉を訂正《ていせい》した。ハヤテは食堂をちら見して、気配に異常がないことを確認してから歩き出す。

「本当は行きたいのに、あえてあんな態度をとってるんじゃないですか。ツンデレって流行《はや》ってますし」

「なんですかそれは。ナギが自分から学校に行きだしたら大変です。ショックで私が心臓麻痺《まひ》になったらどうするつもりですか」

「あはは」

ハヤテは軽く笑った。彼もマリアも、ナギの引きこもりっぷりが尋常《じんじょう》ではなく、それでいて学業がどうにかなっていることを十分承知《しょうち》していた。なにしろ滅多《めった》にいない飛び級生徒なのだ。そのため「カウンセラーや役所に相談」までいかないのである。

なんにせよじき二年生になる。いずれ登校する日もあるだろう。いきなり行き始めたら、それこそ心臓に悪かった。

だが事件とは、往々《おうおう》にしてこのようなときに起こるのであった。

第一話　いさましいちびのお嬢様学校へ行く

東京都にある私立白皇《はくおう》学院。

ここは都内某所《ぼうしょ》にある小中高一貫《いっかん》教育の名門校である。名門というだけあって優秀かつ家《いえ》柄《がら》のよい生徒が集まっていて、ハヤテとナギも通っていた。

この学校はレベルの高さもさることながら、特に敷地の広大さで知られていた。巨大な正門を抜けると、内部は林と芝生《しばふ》で埋め尽くされており、隙間《すきま》を埋めるようにして校舎が建てられている。外周はマラソンコースにもなるくらいであり、これだけの教育機関はそうない。

土地と設備を維持《いじ》するために高額な学費と膨大《ぼうだい》な寄付金《きふきん》、それらを使った運用益《うんようえき》でまかなわれており、政財界への投資も怠《おこた》りない。戦中の混乱、戦後に起こった教育改革もそれで乗り切った。最近の不況《ふきょう》も理事会の努力により、土地の切り売りのような事態は避けられている。

生徒はそんな学校に全幅《ぜんぷく》の信頼《しんらい》を寄せ、学業に部活動にと学園生活を謳歌《おうか》していた。

そんな学校であるが、今は敷地内に生徒の姿はない。春休みのためだ。野良猫《のらねこ》野良犬《のらいぬ》、野《や》鳥《ちょう》にとっては天国だが、まるでテキサスコロニーのように静まりかえっていた。

だからといって、まったく人がいないわけではない。

敷地内でもひときわ目立つ、全高数十メートルの時計塔。

ここは文字通り、時刻を知らせるために存在している。決まった登下校の時間になると鐘を鳴らし、生徒に一日のはじまりと終わりをうながす。そのためどこからでも見やすいように、これほどの高さとなっていた。

で、その内部。

「お金がない！」

部屋の扉を開けるなり、一人の女性が絶叫した。中にいた女子生徒は露骨《ろこつ》に「またか」といった顔をする。

「助けてヒナ！　お姉ちゃん財布《さいふ》の中が空っぽなの」

女子生徒は無視し、手元の書類に目を落としていた。

「このままじゃご飯が食べられない！　死んじゃう！」

「……」

「お腹減った、飢《う》え死《じ》にしちゃう！　ツバキの花をすすって『甘い』とか言ってるのも限度があるの！」

「……」

「ねえヒナ、聞いてる？」

「……聞いてない」

桂《かつら》ヒナギクは、冷ややかに返答した。

やや赤っぽい髪の色に、意志の強そうな瞳《ひとみ》。対照的に薄《うす》めで迫力のない胸が目を引く生徒だ。さきほどからの素《そ》っ気《け》ない言葉にも、裏《うら》には断固たるものが感じられる。

彼女はこの学校の生徒会長。つまりこの時計塔の主である。時計塔の内部は生徒会室となっており、メンバー以外は立入禁止となっていた。

ただし、さきほどから騒いでいる女性のような教職員は例外で、極端な出入り制限はない。

ちなみに彼女の名は桂《かつら》雪路《ゆきじ》。世界史教師にしてヒナギクの姉。ざんばら気味のボブヘアーといい加減そうな物腰が特徴。

雪路はじたばたした。

「ひどーい！　それがお姉ちゃんへの態度!?　こんなに困ってるのに！」

「……だってお金のことでしょ」

ヒナギクは書類から目を離さない。

「お金のことだから大変なの！　給料日前だからとても大変なのよ！」

必死に訴えかける雪路。

妹はふっとため息をついた。

「……私の記憶だと、白皇《はくおう》の給料日まであと二十日《はつか》くらいない？」

「そうよ。そんなにあるのに、今の手持ちじゃ、もやしどころかパンの耳だって買えないわよ！」

「私が言いたいのは、前の給料日から十日くらいしかたってないってことなの！」

ヒナギクは手にした書類で、軽く机を叩いた。それほど乱暴な仕草でないのは、姉に対する遠慮《えんりょ》からだ。

ただし台詞《せりふ》は苛烈《かれつ》である。

「なんで、もうなくなっちゃうのよ!?　この前の下田《しもだ》だって、うちの生徒に切符代《きっぷだい》出してもらっていたでしょ！」

雪路はたじろぎながら返事をする。

「お……お金にロケットエンジンがついているから、飛んでいった」

「ついてない！　どんな無駄遣《むだづか》いしたのよ」

ヒナギクの姉は、「わかってないわね」とばかりに首を振った。

「無駄遣いじゃないわよ。お酒飲んで麻雀《マージャン》したら、勝手になくなっちゃったの」

「それが無駄遣いなのよ！」

「増えるはずだったんだもん！　東風戦《とんぷうせん》、アリアリ、ダブルありトリプルあり、赤、白ポッチ、ワレメ、ドラ二枚めくり、デカデカピン、ウマワンスリー、チップ、アリス、ビンタ50だったから、勝てば大金が入るはずだったんだもん」

つまり「負けたら無一文《むいちもん》になる」ということだ。ヒナギクは顔をしかめ、

「なにその暗号みたいなルール」

「勝てばドンペリ風呂《ぶろ》に入れるはずだったのに、相手が強かったの。背中煤《すす》けてるのが口癖《くちぐせ》の

やっと、兎《うさぎ》みたいなのと、御無礼《ごぶれい》なやつで大変。点棒《てんぼう》のついでに血を抜かれるよりよかったけど」

「よくないわよ。それでお金がなくなったわけ?」

「借金だけは防いだわ」

雪路《ゆきじ》は胸を張る。

「威張《いば》らないで。妹に借金申し込んでるんだから、同じじゃない。恥ずかしいと思わないの?」

「なんで思うの?」

「普通は思うのよ!」

わかってないわね、と言いたげに微笑《ほほえ》む雪路。

「お姉ちゃんは教師として、個性を大事にしたいの。普通なんて今の時代には似合わないわ。これが本当のゆとり教育よ」

「頭の中に隙間《すきま》があるのは、ゆとりじゃなくて欠陥《けっかん》って言うの!」

ヒナギクは目を怒らせた。

彼女は根本的に真面目《まじめ》であり、借金が大嫌いだ。春休みなのに登校しているのも、溜《た》まっている生徒会関係の仕事を片付けるためである。

白皇《はくおう》学院の生徒会は他校と違って自治権限《じちけんげん》が広い。その分義務と責任も多いわけで、大抵は書類に姿を変えて役員のもとにやってくる。ヒナギクはそれらを嘆きもせず、片端《かたはし》からさば

いていた。面倒なことをきちんとこなすのは高校生において貴重な才能であり、それ故《ゆえ》一年生にもかかわらず生徒会長となっていた。

ただしこの「面倒なこと」の中に、「姉を甘やかす」は含まれていない。

「お姉ちゃんにお金を渡すと、アルコールに化けちゃうから貸さない」

「アルコールは薬よ。酒は百薬《ひゃくやく》の長《ちょう》って言うでしょ」

「薬ばっかり飲んでたら、依存症《いぞんしょう》になるわよ！　絶対に貸さないから」

憤慨《ふんがい》するヒナギク。雪路は目を潤《うる》ませた。

「ひどいよヒナえもん。身内の危機を救うのは、F先生の大切な教えなのに」

「ヒナえもん言うな。借金は身を滅ぼすっていうのが、我が家の教えなの」

ヒナギクは生徒会室の扉を指さした。

「忙しいんだから、出てって」

「寒空に姉を放り出すの？」

「そんなに寒くないし、お姉ちゃん宿直室にいるんでしょ。用があったら私から行くから」

「不審者《ふしんしゃ》が忍び込んだら大変だから、私もここにいる」

ヒナギクがじろりと睨《にら》む。

「……不審者なら、私の目の前にいるけど？」

「ねえヒナ、今の時代絶対の安全なんてないのよ。可愛《かわい》い妹になにかあったら困るから、私もここに……」

「そんなこと言って、生徒会室の金目の物を見繕《みつくろ》うつもりでしょう。そうはいかないから」

核心を突かれたか、一筋《ひとすじ》の汗を流す雪路《ゆきじ》。

「……知り合いの質屋が、高く見積もってくれるんだけど」

「お金のことばかり口にしてないで、校内の見回りでもしてなさい！」

怒声と共に、雪路は生徒会室から放り出された。扉の外から「ふーんだ、ヒナの洗濯板《せんたくいた》ー。ぺったんこー。等高線《とうこうせん》の間隔《かんかく》が広い山ー」などの声がしたものの、「お義父《とう》さんとお義母《かあ》さんに言いつけるわよ」と告げると小さくなり、消えていった。

「まったく……」

ヒナギクは椅子《いす》に座り直した。生徒会室の椅子はビジネス用のアーロンチェアで、身体がすっぽり収まるようにできている。それがずれていたのだから、それなりに激昂《げっこう》していたのだ。

「だらしないんだから」

雪路の金遣《かねづか》いの荒さには定評がある。給料はほとんどが酒代となり、右から左へ消えていく。それだけならまだしも、借金してまで飲もうとするからたちが悪い。教職員の間に「桂《かつら》姉に金を貸すのは、穴の開いたバケツに水を注ぐようなもの」との評判があると知ったときは、恥ずかしくて死にそうだった。どうして金を借りまくっているのにあまで平然としていられるのか、不思議でしょうがない。

それでもほんの少しだけ「貸してあげてもよかったかも」と思うあたり、ヒナギクは姉のことが嫌いになれない。なんだかんだいっても、産みの親から押しつけられたウルトラ借金生活から脱せられたのは、雪路《ゆきじ》のおかげなのだ。

散らばった書類を揃《そろ》える。すっかり余計な時間を取られてしまった。

ヒナギクは、なんとなく室内を見回す。

騒がしいのがいなくなったため、生徒会室内は妙に静まりかえっていた。昼間なので気にならないが、これが深夜だったらなにか出るんじゃないかと思えてもおかしくない。たとえば不《ふ》審者《しんしゃ》とか。

「……馬鹿馬鹿しい」

彼女は首を振った。

「不審者なんて、来るはずないじゃない」

名門だけあってセキュリティはしっかりしている。見回りをするのが雪路というところに不安を感じるが、それでも警備は万全のはずであった。

バルコニーから風が入ってくる。高所恐怖症なので、外は見たことがない。

「早く片付けて帰らないと」

不安を振り払うように、彼女ははんこを押した。

「まったく、ヒナはわかってないなー」

○

雪路は高等部の校舎を歩き回っていた。妹に「校内の見回りでもしてれば」と言われたので、その通りのことをしているのだ。元々それが職務なので、特に変な行為ではない。ただ十も下の妹に言われたことは、はたから見ればみっともなかった。

雪路とヒナギクは正反対の性格だ。常にハイテンションで金と酒の臭いに敏感な雪路に比べ、ヒナギクは基本的に冷静であり、物事を俯瞰《ふかん》できる能力がある。外見にも差があるので、この二人が姉妹だとはちょっと信じられない。

「時々私も、ヒナと姉妹なのが信じられなくなるけどさ。まったくあの娘は、勉強ができてしっかり者で、大変おモテになるし……」

ぶつぶつ呟きながら校舎を回る。春休み中で人がいないので、「あぶねーやつ」と思われることはない。

雪路は現在、校内に宿泊している。春休みだから泊まっているのではない。雪路は常に泊まっていた。文無《もんな》しの上にずぼらなので、家に帰らないのだ。ここまでくると「住んでいる」と称した方が適当で、生徒たちから「桂《かつら》先生は住民票を白皇学院内に移した」と囁《ささや》かれる始末であった。

ほとんど居候《いそうろう》状態とはいえ、宿直としての義務は果たさなければならない。そのため、ヒナギクに言われなくても見回りはするつもりだった。

敷地も広いが校舎も広い。特に天井が高い。階段もそこらのマンションより段数が多く、上り下りするのも一苦労。ちょっとした運動である。

「ダイエットには最適ねー」

ぶつぶつ言いながら廊下《ろうか》を歩く。雪路《ゆきじ》自身は痩《や》せる必要がないので、校舎の広さが普通にいまいましい。

一年生のフロアに来た。がらんとしている。これで薄暗かったらちょっとしたホラーだが、彼女はその手の恐怖とは無縁だ。

「さっさと終わらそ……。戻ってワイルド・ターキーの封《ふう》でも切って、がぶ飲みしよう」

酒ばかり飲んでいるから金がなく、宿直室に寝泊まりする羽目になるのだが、わかっていても止められないのであった。

「……おや?」

彼女は視線を向けた。前方の教室の扉が開いていた。一年七組、自分の受け持ちクラスだ。人の気配もある。春休みに登校するとはよほど熱心な生徒か、あるいは、

(不審者《ふしんしゃ》!)

彼女は直感した。

(白皇《はくおう》の校内に侵入するとは大胆なやつ。許せないわね。ここはいっちょぶっ飛ばして強請《ゆす》ろう。警察につきだされたくなければ金を払えとか言えば、いくらでも出すわよ。手持ちがなければ無人契約機で借りさせればいいわ)

宿直の教師としての義務感もあるが、それより頭の中は「鴨《かも》がネギ背負《しょ》ってやってきた」的な発想で満たされていた。

壁際に設置されている消火器を引っぺがす。武器代わりに抱えた。

(これでぶん殴《なぐ》ればいうこと聞くわね。問題になっても正当防衛だって言い張れば問題なし。オールオッケー)

札びらを弾《はじ》いている自分を想像しながら、教室に殴り込む。

「誰！　教室にいるのは!?」

確かに人はいた。だが不審者《ふしんしゃ》ではない。女子生徒が一人だけ着席していた。

教科書とノート、参考書に問題集を広げ、熱心にシャーペンを動かしている。目つきも真剣そのもの、一点の曇りもない。これだけ見ると、実に真面目《まじめ》かつ優秀な生徒であった。

問題は、その生徒自身である。

「……ナギちゃん?」

雪路はぽかんと口を開けた。

「なにしてんの!?」

ナギは不審そうに顔を向ける。

「なにって……勉強ですが」

「べ……勉強……」

「正確には自習です。学校でやった方が雰囲気《ふんいき》が出るのでしていたんですが、いけませんか」

「いや、まあ……」

厳密《げんみつ》に言うと、休み中の教室は教師あるいは職員の許可のない利用は禁じられている。しかしそんなことより、「春休みなのに引きこもりのナギが学校にいる」こと自体がショックであった。

「学生の本分は勉強です。自宅警備《じたくけいび》と称して家に閉じこもるより、こうやって勉強していた方がマシです」

ナギは大真面目《おおまじめ》であり、雪路《ゆきじ》は消火器を持ったままひるんだ。

「そりゃそうかもしれないけど」

「いけないですか」

「……いけなくない」

理屈は正しい。

しかし雪路の頭は混乱したままだった。これが普通の優秀な生徒、例えばヒナギクあたりなら「そういうこともしそう」ですませられるが、ナギなのが問題なのだ。飛び級した天才とはいえ、休みに教室にいる。あまりのことに目を疑ったが、どこからどう見ても、ナギ本人であった。

そのナギが雪路に訊《き》いた。

「……消火器ですか？」

「……不審者《ふしんしゃ》だったらぶちのめそうと思って」

真っ赤な消火器を、教卓の上に置く。

「先生はなんで学校にいるんです？」

「お金ないし、休みもここで暮らそうかって」

「この前、給料日だったはずでは」

「色々あってなくなった。ヒナに借りようと思ったけど、貸してくれなくて」

「そうでしょうね。生徒会長は真面目ですから」

ヒナギクを「会長」と呼び、他人行儀《たにんぎょうぎ》なところがまた凄《すご》い。

ナギは立ち上がった。勉強用具一式を鞄《かばん》にしまう。

「あ、出てくの？」

「ええ。なんだか私がここにいると、先生は迷惑そうなので」

「迷惑ってわけじゃないけど、ナギちゃんがいきなり真面目になるなんて、誰がそんなフラグを立てたのかなって」

「飛び級ですが、その地位に安住するつもりはありません。初等部や中等部から優秀な生徒はいつでも上がってきます。埋没《まいぼつ》しないよう、日々精進《しょうじん》あるのみです。先生もアルコールに耽《たん》溺《でき》せず、教育のさらなる発展につくされてはどうですか」

「な……なんだかナギちゃんに説教されたわ。これどんなゲームよ。ねえ、こんなテキストが画面に出てきても、ユーザーは喜ばないわよ」

「図書館を借りてもいいですか？　あそこなら、静かに勉強ができます」

「いいけど……三千院《さんぜんいん》の書庫と違って、真面目な本しかないんだけど」

三千院家の書庫には、ナギが集めたマンガやら同人誌やらゲームの攻略本やらが壁《かべ》を埋め尽くすほどあるが、ここは学校である。基本的にお堅《かた》い書籍《しょせき》しかない。

ナギがまた、不思議そうにする。

「図書館とは、そういうものでしょう」

「そりゃそうだけど」

「少しの間、お借りしますがお気遣いなく。蔵書《ぞうしょ》を売り飛ばしたりはしませんので」

「その手があったか」

「……実行しないでください」

大変まともなことを言い、ナギは教室を出ていく。その所作《しょさ》も静かであり、まるで優等生だ。

あとには、唖然《あぜん》とした雪路《ゆきじ》だけが残されていた。

○

所変わって、白皇《はくおう》学院高等部の動画研究部。

動画研究部は敷地内に独自の建物を有している。外観は変わっていて、半円形と台形状の窓で構成され、オフホワイトとハイブルーでカラーリングされていた。見る人によっては「スター・ウォーズに出てくるぴこぴこ音を鳴らすロボット」との感想を抱きそうになる。

内部は録画用の各種レコーダーと、大型液晶《えきしょう》テレビにプロジェクター。寝っ転がるためのソファと食べ物が常備されている。部員はここで横になり、お菓子をかじりつつ適当にだべる。「研究部」といっても本格的な議論を交わすためにあるのではない。面白い動画を眺めて過ごしましょうという、緩《ゆる》い部活動なのであった。

その建物内に、女子生徒が数名いた。春休みだというのに登校して、部活に出ているらしい。

「緩いといっても、まったく活動しないわけにはいかないからな」

「……誰に向かって言ってるの」

最初の台詞《せりふ》は朝風理沙《あさかぜりさ》。次が花菱美希《はなびしみき》である。二人とも高等部の一年生で七組。ナギの同級生。

この二人は動画研究部の主要メンバーでもある。というか、熱心にやっているのが彼女たちくらいなのだ。日がな一日ぬるい動画を見てはごろごろしているのは天国にも感じられるが、体力と気力をもてあました年代にはちと辛《つら》い。よって、少数精鋭《せいえい》による部活動になっていた。

ちなみに主要メンバーは、あともう一人いる。

理沙《りさ》はこたつに足を入れていた。部室中央にカーペットが敷かれており、そこにこたつが設置されている。冬に出したものがそのままになっていた。

「まあ、こうして我々は世界各国から集めた動画を眺めて、暇《ひま》を潰《つぶ》しているわけだが……」

理沙がコーヒーを飲みながら呟《つぶや》く。

「さすがに目がちかちかしてくるな」

「だから誰に説明を……」

「しかし●yや●《しゃ》落といったファイル交換ソフトの発達によって、誰でも手軽に動画が手に入る昨今《さっこん》、この部の存在意義も……」

「ストーップ!」

美希《みき》が急いで理沙の口を押さえた。理沙はもがもが騒いだ後、観念して黙り込む。

「……あんたこのレーベル潰《つぶ》したいの?」

「なにを言う。状況説明をしただけだ」

理沙はゆっくり手から離れると、平然とコーヒーをすすり続けた。

「そんな説明いらないから」

「説明ついでに訊《き》くが、泉《いずみ》はどうした」

「あの娘は買い物。お菓子が足りなくなったから」

「働き者だ。そこまですることもないのに」

「あんたが頼んだんでしょうが」

美希は呆《あき》れた。理沙はふと顔を上げ、

「む……見ろ。不審な人影が」

「ごまかさない」

「いや本当に。今、画面に映った」

理沙は身を乗り出した。

ごとんと音がして、扉が開いた。動画研究部の扉は、特に意味はないが潜水艦《せんすいかん》のハッチみたいな形をしている。

「ただいまー」

やってきたのは、もう一人の主要メンバーこと瀬川《せがわ》泉。一年七組の学級委員長でもある。ただ役職とは裏腹《うらはら》に、どこかピントのずれた雰囲気《ふんいき》を漂わせていた。

「お菓子買ってきたよー」

「そこに置いといてくれ」

理沙が振り向かずに返事をする。

「ほえ？　リサちゃんの好きなこんにゃく玉入りシュークリーム買ってきたよ」

「あとで食べる」

理沙《りさ》だけではなく、美希《みき》も画面に集中していた。ちなみに彼女の好きな紅《べに》ショウガ入りコーヒーゼリーもあるのだが、やはり手はつけられていない。

「なにしてんの？」

泉《いずみ》は二人の背後から覗《のぞ》き込んだ。

画面に映されているのは、図書室の風景であった。

ここ白皇《はくおう》学院の図書館である。背の高い書架《しょか》がずらりと並び、希少本《きしょうぼん》やら洋書やらが整然と収められていた。歴代校長と図書委員長が財《ざい》に任せて収集したため、蔵書《ぞうしょ》は新アレクサンドリア図書館に匹敵《ひってき》する。

画面の隅では人間がちょこちょこ動いていた。リアルタイム映像なのである。

なんでそんな施設の映像が映されているのかというと、これが動画研究部の活動の一つなのだ。校内様々な場所にカメラを配し、適当なときに眺める。どうかすると秘密の行動も彼女たちにばれてしまうため、意外とはた迷惑な部活なのであった。

泉はなんとかしてちゃんと画面を見ようと、しきりに頭を動かしていた。

「また変なシーンでも撮《と》れちゃったの？」

「ねずみの国の珍事《ちんじ》やどこかの知事選ではない。あれだ」

理沙が指をさした。泉が首をかしげ、

「誰か知ってる人がいた？」

「知ってるもなにも……」

美希が呟《つぶや》く。

画面右下に、少女が映されていた。机に腰かけ、一心不乱《いっしんふらん》にペンを動かしている。どうやら勉強中だ。

「あー、ナギちゃん」

泉はどことなく楽しそうな声を上げた。

「なにしてんだろうねえ。勉強？」

「……呑気《のんき》なことを言ってる場合か」

理沙が声を張り上げた。

「ナギが勉強だぞ」

「そっか、ナギちゃん頭いいから、勉強する必要ないもんねえ」

「それより、こんなところにいるのが問題だ。あの学校嫌いというか外出嫌いが、春休みなのに図書館にいるんだぞ。どういうわけだ」

「……ほえ？　そういえば」

泉は頭に疑問符を浮かべた。ようやく、「ナギが白凰学院内にいることの異常さ」について、理解できたようであった。

「これは変すぎる」

と美希《みき》。

「あの貧相《ひんそう》な執事《しつじ》か、有能そうなメイドに『学校で勉強しろ』と言われたのか……」

「はたまた、雪路《ゆきじ》に学校に来いと言われたか……」

理沙《りさ》も同じように呟く。泉《いずみ》も巻き込んで「うーむ」と唸《うな》った。

「そんなことするか！」

いきなり、絶叫と共に部室の扉が開いた。駆け込んできたのは彼女たちの担任こと雪路であった。

「ナギちゃんみたいな勉強できる子を、わざわざ呼び出したりしないわよ！　そんなことしたら私に監督《かんとく》責任が出てきちゃうじゃん!?　面倒事は極力減らしたいの！」

なんてことを叫びながら、三人に詰め寄る。理沙は両手で制するように。

「わかったわかった。それより、どうして雪路はここに？」

「なんかナギちゃんが、図書館で勉強をしたがっていたから、驚いたのよ。ここなら監視《かんし》カメラがあると思って」

「ふむ、とすると、あれはやはりナギなのだな」

理沙は横目で液晶《えきしょう》画面を見る。相変わらず、ナギは図書館の机で一心不乱に勉強していた。

雪路はボタンをいくつか押して、正面の大画面にナギの姿を映した。何故《なぜ》か彼女は、部室の機材について熟知《じゅくち》していた。

「……おかしい、どう見てもナギちゃんだわ」

カメラには簡単な望遠機能もついている。アップにしても、ナギはナギだった。

「これはなにかの陰謀《いんぼう》……？」

「なんで陰謀なの」

美希が呆《あき》れる。

「三千院《さんぜんいん》の財産を巡る、恐ろしい企《たくら》みごとの序曲じゃないかって思うの。ほら、ナギちゃんを泣かした方が勝ちとかあったじゃない」

「泣きながら謝らせたら勝ち、だよ。あの負けず嫌いが謝るとは考えづらいが」

「きっと最近になってルールが改訂《かいてい》されたのよ。ナギちゃんを学校に行かせれば三千院の全財産が手に入って、ドンペリ百年分を譲《ゆず》るって」

「……ずいぶん俗《ぞく》っぽいのがくっついているな」

美希はそんなたわごとを全く信じていないようであった。それは理沙も同様であり、泉だけが「桂《かつら》ちゃん、今日も絶好調だね」と興奮していた。

「つまり」

雪路は続けた。

「今ここにナギちゃんがいるんだから、三千院《さんぜんいん》家に『私こと桂雪路《かつらゆきじ》が連れてきました』と報告すれば、財産が手に入るってことに！」

「……ならないと思う」

理沙《りさ》がぼそりと付け加える。

雪路はもちろん聞いていない。

「さあ、さっそく三千院《さんぜんいん》家に連絡よ。朝風《あさかぜ》さん、電話して！」

「……私が？」

「あなたがかけて、『桂雪路先生が連れてきました』って証言すれば、信憑《しんぴょう》性が高まるじゃない！」

「信憑性もなにもないと思うが……」

「かけるの！」

天文学的な額《がく》の財産のことで、すでに雪路の頭はいっぱいだった。そのため論理とか筋道という言葉が、現在冬眠している模様。

理沙はため息混じりに、携帯電話の電話帳ボタンを押した。

○

三千院家。ナギの屋敷。

鳴り響く電話を取ったのはマリアだった。たまたま廊下《ろうか》を掃除《そうじ》しており、一番近かったからだ。

　彼女は左手にモップを持ち、右手で受話器を取り上げた。

「はい。もしもし……」

　何度かうなずく。相手の話を聞き、それから言った。

「……ナギがそちらに?」

　電話の相手は理沙だった。状況がよく飲み込めなかったが、どうも「ナギが学校にいるので財産権」などと言っている。しかもその主張も、電話の背後にいる人物ががなり立てているものらしい。

「変ですね、お嬢様は今朝《けさ》から自室におりますが」

「でも、図書館にいるのですが」

「……お待ちください」

　マリアは手で送話口に蓋《ふた》をした。背後を振り返る。

「ナギー！　天気もいいし、ランニングでもしてきたらどうですかー!?」

　ややあって、大声が飛んでくる。

「そんなこと絶対にしないぞー!!」

「……家におります」

　マリアは電話の向こうに伝えた。

「……は？　そんなことない？　そちらにいるのも本物のナギ？　……担任の先生がそうおっしゃっているんですか、はあ……」

彼女は理沙《りさ》の台詞《せりふ》に、何度か相づちを打った。

「わかりました。こちらのナギに確認してみます。確認してなにかが判明するかどうかは、不明ですが」

それから二言三言言葉を交わして、電話を切った。モップを持ち替える。

「あ、マリアさん。お嬢様のお昼ご飯の準備、できましたよ」

やってきたのはハヤテであった。

「ピザ生地《きじ》があったので、サラミソーセージとアンチョビを乗せて焼きました。冷めるとおいしくないですから、お嬢様をお呼びして……どうしたんです？」

「え？　ああ」

マリアは顔を上げた。ハヤテの言葉を右から左に聞き流していたのだ。

「お昼ご飯ですよね。海鮮粥《かいせんがゆ》？」

「ピザですよ。なにかあったんですか。電話していたみたいですけど」

「んー、ご飯の支度《したく》をしながら話しましょうか。ナギにも聞いてもらいたいし」

マリアはモップを片付けようと、用具入れに向かった。

食事は簡単に終わった。そもそも昼食に時間をかける人間は、それほど多くない。

「私が、学校に？」

ナギはティーカップに砂糖を入れながら、聞き返してきた。

「はい。朝風《あさかぜ》さんは『絶対にナギだ』と言ってましたよ」

マリアが食器を片付けながら答える。

「馬鹿馬鹿しい。私はここにいる」

「向こうの人たちも『こっちにいる』って主張してました」

「幻覚でも見たんだ」

ナギは取り合わない。当然だろう。なにしろ自身が食堂にいるのだから。

「お嬢様が、僕たちに黙って学校行ってたなんてことはないですよね」

これはハヤテ。ナギは即座に首を振る。

「あるわけないだろう。春休みなのに学校に行くなんて、寒いのにスキーに行くようなものだ」

「スキーは寒いときに行くものですが……」

「私は面倒くさいことはしないんだ」

と彼女は言い切った。

これが嘘《うそ》ではないことは、ハヤテにもマリアにもわかる。出不精《でぶしょう》で引きこもりのナギが自発的に登校することはあり得ない。適当に穴を掘ったら石油が出る確率の方が、まだ高いくらいだった。

「じゃあ幻《まぼろし》なんでしょうか」

「そう言ってる」

「なんで幻が出たんでしょう」

ハヤテは言いながら手を止めて、考えた。

「もしかして……お嬢様に生き別れの妹さんがいたとか」

「あのな、母上から生まれたのは私だけだ。勝手に姉妹を増やさないで欲しい」

「作家は時々、ネタに困ると肉親増やして話を繋《つな》ぎますよ？」

「ぐさっと来る人間は多いんだから、そういうことを口にするな。いない」

ナギはカップを乱暴にソーサーに置いた。

ハヤテはなおも思案する。

「ではなんでしょう……」

「私に聞くなよ」

「突然変異で現れたミュウとか……海外ＳＦファンならスラン……」

マリアが「その手のネタは通じないことがありますよ？」と注意したものの、ハヤテはなおも、アリスだ吸血鬼だニュータイプだと呟《つぶや》き続けた。

彼は頰《ほお》を引っ搔《か》きつつ、

「……お嬢様、なにか悪い物でも食べたりしました？」

「ハヤテが作ってくれる料理が悪いものなら、食べた」

「訂正《ていせい》します。最近変わったこととかありましたっけ」

「伊豆《いず》の下田《しもだ》に行ったくらいだろう。変わったことなんて」

「ああ、そうですね。……やっぱり、調べた方がいいかな……」

彼はぽんと手を叩く。

「お嬢様。学校まで行って、確かめませんか？」

「……なに？」

「いっそ図書館のお嬢様が何者か、直に確認した方がいいと思います。このままだと悪い影響があるかもしれませんから」

「えー」

ナギは露骨《ろこつ》に不快な顔をした。

「さっきも言っただろう。休みに登校するのは愚か者のすることだ」

「でもお嬢様ご自身が行かれないと、確認ができません」

「だって学校だぞ。やだ」

「僕だって行きますよ。あと、マリアさんも」

食器を片付け終わったばかりのメイドの肩が、ぴょんと跳ねる。

「わ……私も？」

「マリアさんは僕より白皇《はくおう》に詳しいですから。お嬢様、マリアさんはコスプレまでして来てくれたこともあったんですよ」

「そうか……」

「新手《あらて》の嫌がらせかしら」と悩むマリア。ナギは口をへの字にしていたものの、さっきよりは態度は軟化《なんか》していた。

「まあ……私もその偽《にせ》ナギが、気にならないわけではないが……」

「じゃあ行きましょう」

半ば強引に、ハヤテは話を締めくくった。

マリアは「支度《したく》をします」と告げて食堂から出て行った。ハヤテもいったん屋根裏部屋に戻ろうとして、止まる。

「もし幻覚か幻影のたぐいだとしたら、専門家の出番でしょうね」

「誰のことだ？」

ナギが訊《き》く。

「えーと……知り合いです。力を借りることになるかもしれません」

鷺ノ宮《さぎのみや》伊澄《いすみ》のことだが、事情があってここで名前は出せなかった。

「じゃあ連絡してくれ。役に立つなら誰でも構わん」

「わかりました」

ハヤテは返事をし、退出ついでにティーカップを片付けていった。

○

「で、来たわけなんだが……」

ナギはぶすっとした表情で言った。ハヤテは半笑い状態。

「なんで先生が脱力してるんですか!?」

彼女はまなじりをつり上げた。視線の先には、やる気を失いこたつでぐったりしている雪路《ゆきじ》がいた。

「理沙《りさ》に電話をかけさせたのは、桂《かつら》先生だって聞きましたよ!?」

「そーなんだけどさー」

雪路はこたつ板に顔をべったりつけて、面倒くさそうに返事をする。

「ナギちゃんがやってきたってことは、ここにいたのはニセモノだってことじゃない。三千《さんぜん》院《いん》の財産がパーになったってことだから、もうどうでもいいやって」

「……なんで我が家の財産の話になるのです」

「あーあ。ドンペリ百年分がー。ピンドンだと思ったのになー」

雪路はいかにも残念そうに言う。

ハヤテ、ナギ、マリアの三人は、あれから支度《したく》をすると押《お》っ取《と》り刀《がたな》で駆けつけてきた。途中で理沙《りさ》と連絡を取り、動画研究部の部室に直行したのだが、そこでいきなり雪路《ゆきじ》と出会ったのである。

雪路はハヤテを見るなり眼をドルマークにし、次にナギを見て絶望した。そして説明するまでもなく「今来たのが本物」と理解した。かくしてやる気をなくした女教師は、こたつに足を突っ込んでぐだぐだしているのである。

「お嬢様が休みに学校に来るってことに、疑問は持たなかったんですか？」

とハヤテ。彼は執事服《しつじふく》のままやってきたのだが、背中には白い布に包まれた、筒《つつ》状のものを背負っていた。

「そーだけど、三千院《さんぜんいん》家の財産が手に入るなら、賭《か》けてもいいかって思って」

「目をつぶって舟券《ふなけん》買うより無茶ですよ」

「うう……私の心のモンキーターンが……」

雪路は再び突っ伏して、念仏《ねんぶつ》みたいに独《ひと》り言《ごと》を言い続けた。とりあえず、ハヤテは彼女のことを無視。

「肝心《かんじん》のもう一人のお嬢様は？」

理沙がコーヒーカップ片手に、スイッチを操作した。画面がいくつか切り替わる。

図書館の画像になった。少女が一人、机に向かって黙々と勉強している。

「……お嬢様そっくりですね」

　ハヤテが言う。

「背の低さも目つきの悪さも同じだ」

「ハヤテは私のことを馬鹿にしてるのか？」

　ナギが文句を言った。彼は聞こえないふり。

「ちょっと似すぎてますね。気味が悪い」

「鏡を見てるみたいだ。ハヤテ、あいつを捕まえてくれ」

「ええ……でも」

「なんだよ」

「この人、すごく真面目《まじめ》ですね」

　それはナギ以外の、全ての人間が感じていた。

　真剣に勉強しているというオーラが、画面を介《かい》しても伝わってきた。目つきは悪いが本気であり、途中で嫌になってマンガを読んだりすることが全くない。

「好感持っちゃいますね」

　ハヤテの言葉をマリアも認める。

「そうですね……」

「なんか邪魔《じゃま》するのも悪いって気がしてきました」

「夜まで待ちましょうか」

「待て待て、なんの話だ！」

ナギが騒いだ。

「偽物《にせもの》を追及してどうこうするってことではないのか!?　感心してどうする！」

「そうでした」

ハヤテが頭を掻《か》く。

「これでは私を連れてきた意味がないだろう。さっさとどうにかしろ！」

「それはもう……お？」

画面の中のナギが立ち上がった。勉強用具を抱えて、歩いていく。

「どこに行く気だ……？」

ハヤテの疑問に答えるように、理沙《りさ》が手元のキーボードを叩いた。大型の液晶《えきしょう》画面が瞬時に分割され、小型のウィンドウがいくつも出現する。

偽《にせ》ナギの動きが、リアルタイムで追跡できるようになっていた。

「……今図書館を出たようだ。このままだと……敷地《しきち》の真ん中まで行くようだな」

「真ん中って……なにがあったっけ？」

「あそこです」

指を差し、そう言ったのはマリアだった。

「時計塔」

○

ヒナギクは帰りの支度《したく》をしていた。溜まっていた書類をようやく終わらせ、ついさっき最後のはんこを押したところだった。

机の上にあるクラシカルな置き時計に目をやる。

「……結構時間がたったのね」

朝からずっとやっていたせいか予想外に早く終わったが、それでも昼は過ぎている。この時計はかつてヒナギクが両手で壊しそうになってしまい、以来狂いがちなのだが、夕方にさしかかっているのは間違いない。

彼女は下腹部を押さえた。昼食抜きで働いていたので、ぺこぺこである。

「なにか食べて帰ろうか……」

ついでだから、姉も誘うのがいいかもしれない。向こうは文無《もんな》しなので奢《おご》らされるかもしれないが、それでもいいだろう。食事を奢る方が、金を貸すよりは健全《けんぜん》だ。

その時、扉の向こうで、「ちん」と音がした。

（誰かしら）

エレベーターの到着音なのだ。時計台には日本橋三越《にほんばしみつこし》並の旧式エレベーターがあって、非常階段を除けば全員それで上り下りする。しかし春休みの今、出入りする人間はそれほど多くないはずだ。

こんこんとノックの音。

「はい？」

開けると、そこにいたのはナギであった。

「ナ……ナギ？」

「ヒナギク、ちょっといいか」

ヒナギクは反射的にうなずいた。勉強道具を持っている年下の友人に、気圧《けお》されたこともある。

「静かに勉強がしたい。生徒会の開いている部屋を貸してくれ」

「いいけど……勉強するの!?」

「いけないのか？　私は学生だ」

「そうだけど……」

ヒナギクは雪路《ゆきじ》と同じ戸惑いを感じていた。「なんで春休みなのに学校に!?」という驚愕《きようがく》が抜けていない。

「ヒナギク？」

「あ……隣の会議室が開いてるわよ。今は誰もいないから」

「遠慮《えんりょ》なく使わせてもらう。もう一つ頼みがあるんだが」

「なに？」

「私を生徒会で働かせてくれないか」

えええええっ!!　ヒナギクは失礼にならないよう、心の中で絶叫した。

ナギが生徒会の仕事がしたい。学校に来るだけでも「真夏の雪」なのに、さらにそんなことまでしたがるとは。これはへたをすると、地軸《ちじく》がずれるのではないだろうか。

「どうしたヒナギク」

「え……ええ、生徒会のことに興味を持ってくれる人が増えるのは歓迎《かんげい》よ」

「喜んでくれてありがたい。さっそくなにか命じてくれ。明日からと言わず、今日からでも仕事をする」

「そこまで……」

「ああ。少しでもヒナギクの役に立ちたいからな」

にこりとするナギ。ヒナギクはどきっとする。

しかし彼女の脳裏《のうり》では、ささやかな信号が点滅していた。緊急時になると必ず光る赤信号。

これは姉が借金を申し込んでくる直前、産みの両親がいなくなる寸前にも点滅したものだった。

おかしい。あのナギが、こんなまともなことを言うなんて。

彼女はじりじりとであったが、後退していった。

「ヒナギク、どうした?」

生徒会長はぐっと両手を握りしめる。

「あ……あなた誰?」

「なんだ?　友達の名前を忘れたのか」

「ナギにしては変よ。あの娘《こ》がここまで真面目《まじめ》になるなんて……なにが狙いなの?」

「……」

ナギは無言になった。だがヒナギクは、口元がわずかに笑ったのを見逃さない。

「答えなさい!」

ナギが跳んだ。ヒナギクの頭上を押さえようとする。とても運動音痴《おんち》とは思えない動作だ。

ヒナギクも床を蹴《け》って距離を取る。同時に右手をかざした。

「正宗《まさむね》!」

手の中に瞬時に現れる木刀《ぼくとう》。彼女は両手で構える。

次の瞬間、生徒会室の扉が大きく開かれた。

「ヒナギクさん!」

「ヒナギク!」

駆け込んできたのは、ハヤテとナギ、マリアに生徒会の三人組であった。

彼らは生徒会室のナギを見て、一様にびっくりしていた。

「うわ、間近で見てもそっくりだ！」

「馬鹿。ハヤテ、私はあんなに目つきが悪くない」

「むしろあっちの方が目つきいいですよ」

偽物《にせもの》のナギは、一瞬だけ入り口に視線を動かす。そのまま身を翻《ひるがえ》した。

「あっ！」

ヒナギクが声を上げる。小さい身体は、なんとバルコニーを越えた。

数十メートルの高さを落下していく。時計塔の下へと消えていった。

「逃げられた!?」

ハヤテがバルコニーに駆け寄った。ヒナギクは高所恐怖症なので近寄らない。

「どうなったの!?」

「ええっと……うわっ、無事です！　生きてます！」

ハヤテの眼には、地面に降り立ち走っていく姿が、しっかりととらえられていた。

「どこに行く気だ……？」

本物のナギが呟《つぶや》く。ハヤテは叫んだ。

「……動画研究部の部室です！」

動画研究部に鍵《かぎ》はかかっていない。急いで出てきたので、開け放したままなのだ。来客歓《かん》迎《げい》なことも、この場合仇《あだ》となっていた。

素早くエレベーターを降りたものの、後手《ごて》をふんだのは否《いな》めない。追いかけるハヤテの内心には焦《あせ》りが生まれていた。

「まずい……あそこにはぐーたらしている桂《かつら》先生が」

「お姉ちゃんがいるの!?」

後ろをついてくるヒナギクが驚いていた。

「ええ、こたつに入ってうとうとしているはずです」

「もう！ ていうか、今の季節にこたつってなんなのよ！」

半球の建物が見えてくる。扉は大きく開かれたまま。

真っ先に駆け込んだのはハヤテ。続いてヒナギク。あとの連中は日頃の運動不足がたたってずっと後方。マリアは彼女たちのお世話。

「桂先生、無事ですか!?」

無事だった。雪路《ゆきじ》は寝ぼけた感じでこたつに潜《もぐ》っており、偽物《にせもの》のナギはその上に立っていた。

雪路は目を擦《こす》った。

「あー、綾崎《あやさき》君に……ヒナ？ 血相《けっそう》変えてどうしたの？」

「桂先生、離れてください！ そのままでは人質に……」

「そんなことはしない」

こたつの上で仁王《におう》立ちする偽《にせ》ナギが、首を振った。

「卑劣《ひれつ》な真似《まね》はしたくない」

対峙《たいじ》する偽ナギとハヤテ&ヒナギク。それに寝ぼけまなこの雪路。

ようやく本物のナギとハヤテ&ヒナギクの三人が、息を切らして入ってきた。

「ハヤテ！　桂先生は人質になって、カプセルに閉じこめられてしまったか!?」

「そんなカミーユの母親みたいな目にはあってませんが……」

ヒナギクが、入ってこようとする本物のナギたちを手で制する。偽ナギをハヤテと二人で挟《はさ》み込むように移動していた。

「ちょっとお姉ちゃん」

「んあ？」

「そこどいてて。邪魔《じゃま》になる」

「えー、こたつ気持ちいい」

「お金貸してあげるから」

眠そうだった雪路は一瞬にして目覚め、嬉々《きき》としてこたつから這《は》い出た。マリアの隣《となり》に行く。

「どういう存在かわからないけど……」

ヒナギクは木刀正宗《ぼくとうまさむね》を八双《はっそう》に構えながら言う。

「なんの目的？　答えなさい」

偽《にせ》ナギは薄く笑う。

「目的はさっき言ったとおりだ。生徒会の仕事がしたい。あと、勉強」

「嘘《うそ》言わないで。たとえ偽物《にせもの》でも、ナギがそんなこと考えるわけないわ」

聞きようによっては失礼な話だが、本物のナギ自身も含めて、ヒナギクの台詞《せりふ》に同意していた。

偽ナギはゆっくり首を振る。

「本当だ」

「どうしてよ」

「それは、私が三千院《さんぜんいん》ナギの、良心だからだ」

聞いた全員が、一斉《いっせい》に同じ疑問を発した。

「良心？」

「そうだ……。知っての通り、ナギは学校が嫌いで運動が嫌いで自宅大好き。ついでにマンガ好きのゲーム脳《のう》だ」

「ゲーム脳の真贋《しんがん》はともかく、そうね」

とヒナギク。

「幼少からマンガとゲームに囲まれ、ある意味なに不自由なく育ったので、自宅が一番素晴らしいと思い込んでいる。だが、そうはいっても普通の人間。心の奥底には学校に行きたいとい

う微《かす》かな良心が残っていたのだ」

「嘘《うそ》だ！　学校に行きたいなんて、考えたことないぞ！」

本物のナギが反論した。偽《にせ》ナギはちらりと目をやる。

「ほう。ではどうして、ごくまれに学校に行くんだ」

「う……」

「少しでも出席しないと退学になることもあるが……これこそが良心の現れだ」

ハヤテが身構えつつ、前に出てくる。

「なんで良心が形になるんだ」

「本当なら引きこもりにふさわしく、出現することはなかった。だが下田《しもだ》で温泉に浸《つ》かっただろう。隕石《いんせき》といいつつ空飛ぶ円盤《えんばん》が墜落《ついらく》してできた温泉。あの効能だ。幸いというかあいにくというか、ナイスバディにはならなかったが、代わりに私が現れたのだ！」
ナ、ナンダッテー。ＭＭＲばりに驚く一同。眼前の偽ナギは本人の分身、いわばドッペルゲンガーだったのだ。
だとすればそっくりなのも道理である。ナギ自身の写し鏡なのだから。さすがは宇宙人の船、とんでもない効き目である。

「わかったら立ち去れ。別に犯罪を犯すわけではない。勉強がしたいだけだ」

「う……なんか正論っぽい」

ハヤテは呟《つぶや》くが、慌《あわ》てて頭を振った。

「それでもお嬢様の偽物《にせもの》は許さない！」

「ふっ、そうくると思っていた」

偽ナギはこたつから下りた。動画編集用のキーボードに近づくと、後ろ手のまま素早く操作する。

画面がいくつか切り替わり、コマンドプロンプトが現れた。

「ここには、私が春休みにもかかわらず、教室や図書館で勉強し、生徒会室を訪れた姿が大量に記憶されている。それらをインターネット上に流したら、どうなると思う？」

ナギがぎょっとした。

「そんなことをされては、まるで私が模範《もはん》的な学生のように見えてしまう！」

「そうだ。いったんインターネット上に流された画像を消去することは不可能。じきに白皇《はくおう》学院の関係者の目にもとまる。実は学校大好きお嬢様だったということで定着するだろう。だがお前は家から出ようとしない。そこで私が毎日登校すれば、いずれは私こそ本物の三千院《さんぜんいん》ナギとして皆に認識されていくのだ」

「そんなに都合よくいくものか！」

「そうかな。家に閉じこもって出ない人間の言葉と、学校で積極的にクラスメートと交流する人間、どちらを信じると思う？」

「ぐっ……」

たじろぐナギ。強引な計画だが、一定の説得力を持っていた。人間、真面目《まじめ》な人間と不真面目な人間がいたら、真面目のやることを信じるものだ。

「そ、そんなことは許さん！」

本物のナギが叫ぶ。

「偽物《にせもの》のくせに態度が大きいぞ！　私はこの世で一人だ。誰にも代わりは務まらない！」

「ふっ、そうかな。私は学校にも毎日行くし、授業もきちんと受ける。身体を動かすことは大好きで、ゲームは一日一時間。部屋の掃除《そうじ》に食事の後片付けも自分でやろう」

「それがどうした！　そんなことでハヤテたちが納得するものか！」

ナギは一同を見回す。だがハヤテにマリアにヒナギク、さらに生徒会三人組は、一様に感心した表情になっていた。

「……いいかも」

ハヤテが呟《つぶや》く。

「毎朝学校に行ってくださいと頼む必要がなくなる……」

「お、おい、ハヤテ!?」

「お部屋の後片付けをしなくていいなんて……」

「マリア!?」

「手のかからないナギ……」

「ヒナギク!?」

ナギがあわてふためいていた。毎日学校に行って勉強するし運動もする。たったこれだけのことで、偽《にせ》ナギが輝いて見えだしたのだ。

「待て、待つんだ！　あれは偽物で……その、私であって私じゃないんだ。本物はこっちだ。みんな！」

「わかってるわよ、ナギ」

ヒナギクがたしなめるように言う。

「たとえどれだけ優等生で優秀でも、ここにいるのはナギじゃない。ナギの姿をしたなにか。引きこもりで目つきの悪い方が、私の友達、三千院《さんぜんいん》ナギなんだから」

彼女は本物のナギに向けて、軽くウインク。

「ね、そうでしょ」

小さな顔が、ぱあっと明るくなる。

「ヒナギク……」

「それはそれとして、ちゃんと学校には来なさいね」

「はい……」

ヒナギクは偽《にせ》ナギに向き直った。それから片手で、ハヤテを手招きする。

「ハヤテ君。ああいうのって、鷺ノ宮《さぎのみや》さんが得意なジャンルじゃない?」

「一応呼んだんですが」

「が?」

「道に迷ったそうで、さっき『浜松《はままつ》にいる』と連絡が来ました」

「やるわね。一行も出てないのに」

彼女はあらためて、正宗《まさむね》を構え直す。この木刀《ぼくとう》は、元々鷺ノ宮家の家宝《かほう》である。伊澄《いすみ》が目撃したらまた厄介《やっかい》なことになっただろう。

「覚悟しなさい偽ナギ。縛《しば》り上げて、今ごろウナギを食べているはずのゴーストスイーパーに引き渡すわ」

偽ナギは無表情に、

「それは困る。私はもっと学校に来たい。早く新学期が始まって欲しいと思っているくらいだ」

「正しいけど、間違ってるのよ!」

ヒナギクは一歩踏み込むと、正宗を袈裟《けさ》懸《が》けに振り下ろした。偽ナギは回転するようにしてかわす。

生徒会長は眼を細めた。本物にはない身のこなしだ。手加減をしたつもりはなかったのに、避けられたのだ。確かにナギとは正反対。

今度はハヤテがヒナギクに囁《ささや》いた。

「僕に策があります。言う通りにしてください」

「どんな？」

「右側から攻撃してください。左側に避けるはずだから、そこを捕まえます。一瞬で終わらせましょう」

「なにか得物はある？」

「これが」

彼は背負ったままになっている白い布を指さした。

「わかった」

正眼《せいがん》に構え、じりじりとヒナギクは右方向に移動する。ハヤテは左。偽ナギは、不敵に微笑《ほほえ》むだけでなにもしない。

ヒナギクが軽く息を吸う。

「行くわよ！」

動画研究部の床を蹴《け》る。正眼の構えから木刀の先を少し下ろして力一杯突く。

偽ナギは左側に逃げ……なかった。

一瞬だけ動いてハヤテを牽制《けんせい》すると、倒れかかるようにしてヒナギクの懐《ふところ》に潜《もぐ》り込んだのだ。

「あっ……！」

低い身長が利点となった。偽《にせ》ナギはヒナギクの制服のリボンを摑《つか》み、もう片方の手で手刀を作る。

「身体を動かすことは好きだと言っただろう」

「……見くびっていたわ。でも」

ヒナギクは正宗《まさむね》を持つ手を放し、偽ナギを摑み返す。

「そんなのは予想ずみ！」

足を踏み出して身体を半分回転させる。腰に偽ナギを載せ、背負い投げの要領《ようりょう》で力一杯投げ飛ばした。

ぽーん。偽ナギの身体が宙を舞《ま》う。

「ハヤテ君！」

すかさずハヤテは白い布を解《と》いた。

現れたのはチューブ状になった武器。先端がキノコみたいに膨《ふく》らんで、簡素な照準装置《しょうじゅんそうち》がついている。

くるくる回る偽ナギがあわてふためいた。

「対戦車擲弾《パンツァーファウスト》じゃないか!?」

「前に首都警特機隊《ケルベロス》のＭＧ42を使いましたから、今度はもっと火力のあるものをね」

「そんなものを撃ったら、部室もただでは……!?」

たそがれよりも暗きもの——!!
世界は私のためにある——!!
——というようなラノベ馬鹿売れの素敵動画があそこにはたくさんあるのに!!
あばれて消される前に早くネットに流さなくては…!
や!!! ちょ!! なにいってるのよ〜〜〜〜〜!!!
あんな恥ずかしー動画流すんだったら……
私が部室爆破しちゃうぞー——!!
ドカーン
…
え? わたし?

ヒナギクも早口で言う。

「そんなの使う気なの!?」

「脅すだけです。これダミーなんですよ。発射レバーだって固定されて……」

カチッ。音がしてレバーが下がった。

ぽひゅっと音がして成型炸薬弾《せいけいさくやくだん》が飛ぶ。偽《にせ》ナギの直前で爆発した。

大爆炎が発生。あっという間に動画研究部室が炎に包まれる。あちこちの機材が燃え上がった。ハヤテは焦《あせ》る。

「……本物だった……」

「逃げましょう!」

本物のナギたちはとうに脱出している。ヒナギクに連れられ、ハヤテも逃げ出した。

外に出るのとほぼ同時に、動画研究部室は崩《くず》れていった。

〇

動画研究部部室は瓦礫《がれき》の山となった。ハヤテはあまりの破壊力に唖然《あぜん》としている。彼によると、「対戦車兵器ですけど、ここまでとは思えません」とのこと。

むしろナギは安堵《あんど》していた。偽ナギは消滅し、ついでにやっかいな動画も消え去ったのだ。オーバーキルで他のデータも吹っ飛んだようだが、それも構わない。案外、隠し撮《ど》りされた別の動画があったかもしれないのだ。

　自分のために戦ってくれた執事《しつじ》は、三人組になにやら言われている。きっとデータのことだろう。

　ここはやはり主人として、助け船を出さないと。

（まあ待て）

「わっ！」

　思わず叫ぶナギ。頭の中に、誰かが話しかけてきていた。

「なんだ!?」

（もう少し小さい声で喋《しゃべ》れ。電波系だと思われるぞ。私はさっきのドッペルゲンガーだ）

　ナギはきょろきょろして、誰も自分に注目していないことを確認すると、声を潜《ひそ》めた。

「なんで私の頭の中に!?　死んだはずでは……」

（別に死んではいない。成型炸薬弾を食らって肉体は派手《はで》に散ってしまったが）

「それであの爆発か……」

（元はお前の一部だから、脳内に入るのは容易だった）

「どうしてこんな……」

（だから肉体がなくなったからだというに。ま、他にもあの執事のことで）

「ハヤテがどうした」

(あの男、ヒナギクと仲がよすぎないか？)

反射的にナギはハヤテを見た。三人組の他に、ヒナギクとも話をしている。

(私と戦ったとき、妙《みょう》にコンビネーションがよかった。まるでダーティペアのケイとユリみたいだったぞ)

「なんだその譬《たと》えは……。言いたいことはわかるが」

(ひょっとしたらあの二人、お前とは関係なしに通じ合っているのではないか？)

ぎょっとするナギ。自分でもわかるくらい、心臓が跳ね上がった。

「ど、どういうことだ」

(想像通りのことだ。もしかしたらハヤテの心は、ヒナギクだけではなく他の女のところに……という)

「馬鹿な！　ハヤテは私の執事だ！」

(それはそうだが、心までお前の執事になったとは限らない)

「……」

(男には浮気心というものもある)

「……」

ナギの中では、「ハヤテはいつだって私にラブラブ」である。だが一方で「ハヤテは宇宙一カッコいい男」でもある。宇宙一カッコいい男に他の女が近寄らない保証はなく、ハヤテの心が揺らがない保証もないのだ。

「わ、私にどうしろと……」

（特になにかをしろと言うわけではない。ただしばらく、頭の中を間借りさせてくれ）

「……それでいいのか？」

（いい。お前の目を通して、ハヤテの言動をチェックするつもりだ）

「それじゃハヤテを疑っているみたいじゃないか」

（そういうことではない。安心するための保険みたいなものだ。なにもないなら越したことはないだろう）

悪魔の囁《ささや》きとまでは言わないものの、十分魅惑《みわく》的な申し出だった。

「……わかった。好きにしろ」

（感謝する）

偽《にせ》ナギの声は、どこか遠くから聞こえるように感じられた。

第二話　流れよ我がメイド姿、とハヤテは言った

一人の少女が街中を行く。

顔は可愛《かわい》いものの、スタイルは普通。背も女子の中では平均。特に可愛いオーラや美人オーラを出しているわけでもない。髪《かみ》の毛を両サイドで縛《しば》っているのが特徴らしい特徴で、軍用ヘリコプターで言えばＵＨ‐１並に地味だった。

この娘の名前は西沢歩《にしざわあゆむ》。ハヤテの元同級生であり、ごく普通でやっぱり地味な女の子。短期間だけ「練馬《ねりま》のベッカム」を名乗っていたが、とりあえず今は関係ない。

彼女はハヤテに恋心を抱いていた。それは高校入学してからずっとであって、「ハヤテのごとく！」内の誰よりも長い。だが恋は成就《じょうじゅ》しておらず、つまり片想いの期間が誰よりも長いとも言えた。

「なんか、不愉快《ふゆかい》なナレーションが聞こえるんだけどな……」

彼女はときどき手元のメモに目を落とし、住所を確認しながら歩いていた。

本日は休みを利用してお出かけとしゃれ込んだ。本当は弟と買い物に行こうと思っていたのだが、事情があり一人で外出したのである。

歩はこの街に来たのははじめてだった。大通りはカラフルな看板が立ち並んでいてにぎやか

だが、通りを二本ほど挟《はさ》むと意外なほど静かだ。民家《みんか》も多い。

またメモを読む。特に間違ってはいない。順調に目的地に向かっているはずだった。

周囲を見回した。同じような建物が並んでいて、いまいち場所がわかりにくい。

「ええっと、このへん……なのかな」

首を捻《ひね》りながら歩く。角を曲がった。

「あ……ここだ」

目の前には、大きな看板があった。

◯

時間は一日戻る。

白皇《はくおう》学園の敷地《しきち》内。ハヤテは首を上から下、右から左に動かした。

「……」

視線を正面に戻し、また上下と左右の運動をおこなう。

「……」

結局顔は元との位置に納まった。二つの目は、真正面にある物体をとらえていた。

「ハヤテ」

彼の背後から声がした。ナギだ。

「どこをどう眺めても、現実は変わらないぞ」

「……そうですね」

ハヤテはかろうじて、そう返事をした。

目の前には、元動画研究部部室、現瓦礫《がれき》の山が、夕陽に照らされ恨《うら》めしそうに輝いていた。

偽《にせ》ナギとの戦いで、ハヤテはかろうじて勝利した。ただその代償《だいしょう》として、動画研究部を壊《かい》滅《めつ》状態に陥《おとしい》れたのである。

もちろん壊滅とはいっても、人的被害があったわけではない。そもそもインターネット上に流れる寸前だった動画を消失させるのが目的なのだ。それでもこれはやりすぎで、どう贔屓目《ひいきめ》に見ても爆撃の跡地《あとち》であった。

しょんぼりとするハヤテ。

「ちょっとやりすぎました……」

「ちょっとではないと思うぞ。でも……私のためにやったのだろう」

「ええ……」

「じゃあ仕方がない。ハヤテが私のためにしたことなら、私がなんとかする。それが主人のつとめだ」

ナギがにこりとする。ハヤテの心は、少し軽くなった。

「ありがとうございます、お嬢様」

「うむ」

彼は自分よりも年下の主人に対し、何度も頭を下げた。いくらドッペルゲンガーが原因だったとはいえ、建物を丸々吹っ飛ばしてしまった罪悪感はかなりのものだったが、ナギのフォローによって、ようやくほっとできた。

だがそれも、ハヤテとナギだけのことである。

「あー、ハヤ太君が壊した」

「壊した～」

「壊したな」

彼らの後ろから女子生徒三人が、声を投げてくる。

ハヤテは振り返る。そこには動画研究部の三人が、腕組みをして立っていた。

「我々の憩《いこ》いの場である部室が……」

と美希《みき》。

「代々引き継いできた動画が……」

これは理沙《りさ》。

「なくなっちゃった～」

泉《いずみ》が言った。

「あ……それは……その……」

ハヤテはひるんだ。先ほどまでの安堵《あんど》感が瞬《また》く間にしおれていき、罪悪感がむくむく顔を出す。

「すみませんでした……」

「すみませんですむなら警察《けいさつ》もティターンズもいらないぞ、ハヤ太君。ここには初代部長から現在に至る、動画データが保管されていたのだ。あの破壊《はかい》では、どんなメディアに収められていてもただではすまないだろう」

深刻そうに理沙が言う。一部フラッシュメモリーなら生き残っていそうだが、爆発には熱も伴うので全滅してもおかしくない。ちなみに「ハヤ太君」というのは、ハヤテに勝手につけられた別名。

「ご……ごめんなさいっ、ごめんなさい！」

ハヤテはナギに礼をしたのとは別の気持ちで、頭を下げる。

「なるべく、復旧《ふっきゅう》を手伝います」

「部室にはヒトラーがミュンヘンで蜂起《ほうき》したときの記録映像から、深夜アニメの録画に失敗して三十分カラーコードだけのビデオまで、貴重《きちょう》なデータの宝庫《ほうこ》だったのだ。それらが失われてしまっては……」

「あの……最初はともかく、あとのはなくてもいいんじゃ……」

「いいわけは執事《しつじ》らしくないぞ、ハヤ太君」

理沙はぴしゃりと告げて、ハヤテの正論を封じた。

「つまり我々の魂《たましい》は破壊されてしまったということだ。それでも責任逃れをするつもりか」

「う……」

たじろぐハヤテ。彼は前にも部室に来たことがあって、正直全データがなくなっても困りゃしないだろうと思っているのだが、こう言われると二《に》の句《く》が継《つ》げなかった。

「さあどうする」

理沙は不敵に笑う。なにやら腹に一物《いちもつ》という感じだが、今のハヤテには反論できない。

「待て、お前ら！」

変わって抗議したのは、彼の小さなご主人様であった。

「む……ナギ」

「ハヤテにそんなことを言うのは許さないぞ！　ハヤテは私を守ってくれたんだ。文句なら私に言え！」

「部室だけではなく、壊れたことをネタにして、ハヤ太君をいじめて楽しみましょうという我々の娯楽《ごらく》まで取り上げる気か」

「やめろ！　ハヤテをいじめるのは……楽しいかもしれんが、そんなことはするな。部室の修理費は三千院《さんぜんいん》家が全額負担《ぜんがくふたん》する！」

「しかし、部室が戻ってきてもデータは戻ってこないのだが」

「う……」

ナギもまた、ハヤテと同じようにたじろいだ。せめてもの反撃とばかり、理沙《りさ》を睨《にら》む。

「生徒会三人組の中で、一番地味で目立たないキャラだと思っていたのに……」

「このノベライズの作者は私を気に入ったらしい。泉《いずみ》が一番人気なところがむしろ不満だったようだ。さあ、データの件は？」

「う……」

「データは？」

理沙の顔がアップになる。ナギはじりじりと後ろに下がる。

「データは!?」

その時、ぽこんと音がして理沙の頭がはたかれた。

「そのへんにしときなさい」

そう言ったのは、ヒナギクであった。目を細めて三人組を見ている。

「ヒナ、いつの間に……！」

「さっきからいたわよ。黙って見てればもう……」

ヒナギクは呆《あき》れたように続けた。

「生徒会の人間なんだから、もっとしゃんとして。変な脅迫《きょうはく》はやめなさい」

「だがデータがなくなったのは事実だ。貴重《きちょう》な素材が全滅してしまい、うp職人としての矜《きょう》侍《じ》が保《たも》てない」

「捨てちゃいなさいそんなもの。どうせ、ハヤテ君を脅《おど》かすくらいなんだから、なにか交換条件を持っているんでしょう」

「……さすが生徒会長」

理沙がにやりとする。その横から、

「そこで副委員長ブルーこと私が登場」

美希《みき》が口出しをし、ハヤテの前に一枚の紙をつきだした。

「不要なデータが多かったとはいえ、なくなったのは惜しい。というわけで、ハヤ太君にはここで働いてもらうから」

「なんです、これ……」

ハヤテは紙を受け取った。そこには簡単な地図と住所が書いてあった。一番下にはやや大きめフォントで「喫茶　Lily」の文字。

「喫茶店《きっさてん》……？」

「そうよ。そこで働いて。破壊《はかい》したデータの弁償《べんしょう》をして」

「歌声喫茶《うたごえきっさ》ですか……？」

「いつの時代よ。数日間働いてくれればいいから」

「はあ……」

ハヤテは拍子抜《ひょうしぬ》けしていた。接客《せっきゃく》するくらいならどうということはない。もっと無理難題《むりなんだい》を押しつけられると思っていたのである。失われたアークをとってこいとか、ネクロノミコンを盗んでこいとか。

「まあこれくらいなら……」

「ちょっと待て、ハヤテはうちの執事《しつじ》だぞ!?」

抗議をしたのは、やはりナギであった。

「うちで働いているのに、他の仕事をさせるな！」

「データの弁償《べんしょう》よ」

美希《みき》が言う。

「弁償なら私がする。言《い》い値《ね》を出す！」

「ハヤ太君が働くことが重要なのよ。わかる？　彼が働かなきゃ駄目《だめ》」

予想以上に硬い、美希の口調である。どうあってもハヤテに働かせたいようで、譲《ゆず》る気配がない。一応筋《すじ》は通っているので、反論もしづらかった。

「構わないだろう、ヒナ」

理沙《りさ》が生徒会長に訊《き》いた。

「え……」

「ハヤ太君のバイトだ。ウチは禁止だったか？」

「禁止だけど……理由があれば特に」

「よし決まった」

理沙が手を叩いて、強引に結論に持っていく。

「ハヤ太君は『喫茶　Lily』で働くことになった。数日間だけ働いてくれれば文句はない。楽な仕事だ。そうだろう」

「ええ、まあ……」

ハヤテはそう答えた。まだ春休みの最中である。学業への影響も特にない。

「午前中は三千院《さんぜんいん》家で働いて、午後に来てくれればいい。いいね」

「わかりました」

彼はうなずいた。ナギを守るためとはいえ、やりすぎたのは事実。ここでちゃんと働いて弁《べん》償《しょう》すれば主人への忠義《ちゅうぎ》にもなる。精一杯仕事をするつもりであった。

「ハヤテ……」

ナギが不安そうにしているが、彼はにこやかな表情を作った。

「大丈夫《だいじょうぶ》ですよ。お任せください」

「でも……」

「ちょっとの間です。家のことはマリアさんに頼んでおきますから」

ハヤテは心配するナギを勇気づけた。そのため、生徒会の三人組が不敵に笑っていることに、まったく気づかなかった。

○

翌日。三千院《さんぜんいん》家の門で、ハヤテはそう告げた。

「じゃあ行ってきます」

見送りに来たのはマリアである。いつものメイド服で、軽く手を振っている。

「気をつけてね」

「大丈夫《だいじょうぶ》ですよ……お嬢様は？」

「ナギなら、部屋にこもってます。ふてくされているみたいで……」

「そんなに僕が他で働くのが嫌なんですか？」

「オモチャを取られるのと同じ感覚なんでしょう」

「ははは。心配ないですよ。夜には帰ってきますから。ちょっと遅くなりますけど、夕飯も僕が作ります」

軽く笑う。喫茶店《きっさてん》に行くのであって、戦地に行くのではないんだからと、彼は思っていた。

マリアも少し笑い、

「わかりました。ナギには、私から伝えておきます」

「お願いします。じゃ」

「行ってらっしゃい」

ハヤテは手を振り返すと、歩き出した。

しばらく歩き、駅からJRに乗る。タクシーを使ったりはしない。執事《しつじ》は贅沢《ぜいたく》をしないのだ。

ハヤテ自身に、倹約《けんやく》が身についていることもある。

中央線にしばらく乗ってから降りた。いくつかの路線が集まっている場所なので、彼以外にも降客が多い。

乗り換えはせずに改札口を抜ける。駅前には沢山《たくさん》の人がいた。

「ええと……こっちか」

美希《みき》に渡された紙を眺める。地図は簡単な物だったがわかりやすかった。信号の位置も正確で、迷わず目当ての喫茶店にたどり着くことができた。

「Lily……ここだ」

正面から入ろうとしたが、思い直して裏口に回る。客ではないのだ。

簡素《かんそ》な扉を開けて声を上げた。

「すみませーん」

「はーい」

店員らしき女性の声。

「あの、今日から働くことになった綾崎《あやさき》というものですが」

「ああ、話は聞いています。どうぞ」

促されたので、中に入る。冷凍《れいとう》食品の段ボールを避《よ》けながら店内に足を踏み入れた。

女性が顔を出した。

「こちらへ」

「えっと……ご挨拶《あいさつ》を」

「あとでいいですから、着替えてください。すぐに働いてもらいます」

「は……」

女性は手招きしていた。こっちに来い、ということらしい。

更衣室であった。ロッカーが並んでいる。それほど広くはないが、椅子《いす》とテーブルがある。休憩室《きゅうけいしつ》も兼《か》ねているのだろう。

「うちは制服が決まってますから。全員同じ服装でいてもらいます」

「はい」

「これを着てください」

女性から服が手渡される。次の瞬間。

「えぇー!?」

ハヤテは絶叫した。

○

ナギは自室でごろ寝をしていた。休みの日の生活パターンは決まっていて、寝るか携帯ゲームをしているのである。あとは自作のマンガを描くか。

ゲームはやる気になれず、マンガはアイディアが浮かばない。なのでソファに横になっていた。

ただどうにも落ち着かない。理由はわかり切っていて、いつも側にいるはずのお抱《かか》え執事《しつじ》が、屋敷《やしき》内にいないからだ。

まあそれでも、現状を素直に認めたくないため、適当な理由付けをしていたりする。

(……横になるのはいいことなんだ。エネルギーを消耗《しょうもう》しないからな)

正確には消耗しないのではなく、消耗を抑《おさ》えられるのである。いずれ補給《ほきゅう》が必要になることだけは間違いない。たとえば、喉《のど》が渇《かわ》くとか。

手を伸ばし、小さいベルを取って振った。

ちりんちりん。屋敷内に軽《かろ》やかな音色《ねいろ》が響く。

がちゃりと部屋の扉が開いた。

「ハヤテ、オレンジジュースを……あ」

やってきたのはマリアであった。

「……お嬢様、ハヤテ君はいませんよ？」

「わ、わかってる。つい言ってしまっただけだ」

ナギは赤面《せきめん》したところを見られないように、顔を背《そむ》けた。

「喉《のど》が渇《かわ》いたんだ。ジュースを持ってきてくれ」

「わかりました。あの」

「なんだ」

「お客様がお見えになってます。お通ししますか？」

「客？　誰なんだ」

「学校の方たちです。花菱《はなびし》さんと朝風《あさかぜ》さんと瀬川《せがわ》さん」

ナギはがばっと身体を起こした。

「通すな！　あいつらがハヤテを働かせたんだ。いくらハヤテがいいって言っても、わたしは許してないんだからな！」

「はあ……」

「他人《ひと》の執事《しつじ》を奪っておいて……」

「でも、もうあがっていらっしゃいますよ」

「どうもー」

扉《とびら》の向こうから、三人組が顔を出した。全員なにやら楽しそうで、しかも両手を振って挨《あい》撈《さつ》までしている。

ナギは驚き、続いて激昂《げっこう》した。

「なんの用だ⁉」

「ナギが寂《さび》しがっているかと思って」

けろっとした顔で美希《みき》が言う。

「さ……寂しくなんかない。いつも通りだ！」

「あら、そうなの？」

「そうだ。別にハヤテがいないからって、なにか変わるわけでもない。どうせ夜には帰ってくるんだし……」

「私、ハヤ太君のことなんか言ってないけど？」

「ぐ……」

余計なことまで口にしたと気づき、ナギは言葉に詰まった。ごまかそうと、あえて喋《しゃべ》り続ける。

「なにしに来たのだ。用がないなら帰ってくれ」

「用はあるよ～」

泉《いずみ》がにこにこしながら言った。この娘はいつも楽しそうだ。

「ハヤ太君が働いてるところに、みんなで遊びに行こうかなって思って、誘いに来たの」

「ハヤテの……ところ?」

「うん。喫茶店《きっさてん》」

ナギはしばらく黙考《もっこう》した。時々ちらちらと、三人組やマリアの表情をうかがう。

こほんと咳払《せきばら》い。

「特に……ハヤテが働いているところを見ても、面白くは……」

「行こうよ～」

「しかし……」

「行ってきたらどうです?」

マリアが助け船を出した。

「今日はなにもありませんし、ナギが行けばハヤテ君も喜びますよ」

「ハ……ハヤテは喜ぶか?」

「ええ。ナギに見てもらえるなら、執事《しつじ》は喜びます。そうやって執事をねぎらうのも、主人の役目でしょう」

「そ、そうか。主人の役目か」

ナギはほっとして、何度もうなずいた。

「なら仕方がない。ハヤテの店に行こう」

「やった～」

泉《いずみ》は無邪気《むじゃき》に喜んだ。美希《みき》と理沙《りさ》はなにを知っているのか、にやにや笑い。それでも遠慮《えんりょ》なく突っ込むほど、無粋《ぶすい》なクラスメートではなかった。

「外で車を待たせてるの。早く行こう」

泉がナギの腕を引っ張った。


ナギ＋三人組は、黒塗《くろぬ》りの大型乗用車に乗り込んだ。マリアは留守番《るすばん》。

車は静かにスタートする。泉によると「お祖父《じい》様に頼んで、今日一日車を借りた」とのこと。

ちなみに彼女の祖父《そふ》は、某大型家電《ぼうおおがたかでん》メーカーの会長である。

「遠いのか？」

窓の外を眺めながら、ナギが訊《き》く。

「ううん。都内だよ」

座席の上で飛び跳ねながら、泉が返事。

「なんでハヤテを喫茶店で働かせたんだ」

「うちの会社がね、今度飲食部門も手がけるんだって。そのテスト店なの」

「それで喫茶店？」

「そうだよ」

屈託《くったく》なく泉は答える。

車はいったん高速道路に乗ったが、それほど行かないうちに下りた。しばらく信号待ちをしてからまた走る。

何度か角を曲がって止まった。

「ここだよ」

泉《いずみ》がさっさと下りた。ナギは慌《あわ》てて後に続く。

「こんなところ?」

ちょっと裏道に入った場所であった。大通りや駅のすぐ側の立地ではない。フリー客が立ち寄るのはなかなか見込めないだろう。

「うん。こういうところでも、来る人は来るから」

泉はナギを手招きして、

「ナギちゃんが先に入って」

「私が……?」

「そー」

ナギは戸惑いつつも、ガラス戸を引いた。すると、

「お帰りなさいませ」

「お帰りなさいませ」

店員たちが、一斉《いっせい》に頭を下げた。

彼女たちは全員、黒っぽいスカートにエプロンドレスを着用して、頭にはホワイトプリムを乗せていた。つまり、メイドだったのである。

「な……」

ナギにとってはある意味見慣れた光景でもある。なにしろマリアが店員と同じ服装をしているのだから。だが、このようなところであいさつされるのは、初めての経験であった。

「おい、ここ……!?」

「メイド喫茶《きっさ》」

と理沙《りさ》が答える。

「ここが……あのメイド喫茶?」

「そうだ。泉の実家がアキバ系の産業に進出するらしい。そのテストケースだ」

「メイド……」

ナギはまだ衝撃《しょうげき》が抜けなかった。無論、アニメゲームは元より、萌《も》え事情なら森永卓郎《もりながたくろう》どころかアキバblogより詳しい彼女である。知らないわけがない。だが知識があるだけで、実際に来たことはなかったのだ。

奥から別のメイドがやってきた。ナギたちを見て、一礼。

「お帰りなさいませご主人様。こちらのお席へ……うわっ!」

驚くメイド。だが同じくらいナギも仰天《ぎょうてん》していた。

「ハ……ハヤテ!!」

なんとメイド服を着たハヤテだったのだ。

「なっ、なんだその格好は……!」

「あっ、あのですねお嬢様。いきなりこの服を渡されて、着て接客しないと放り出すと言われたものですから……」

「……それでメイド服か」

「……はい」

ハヤテの服装は紛《まご》うことなきメイド服だった。スカート丈《たけ》こそ長いものの、肩幅《かたはば》も袖《そで》の長さもあつらえたようにフィットしている。ホワイトプリムも当然のように似合っていた。

なにより特徴的なのは、完全に店の雰囲気《ふんいき》に溶けこんでいることだった。今日からの臨時《りんじ》バイトのはずなのに、昔からいるような雰囲気を放っている。しかもあらゆる点で、隙《すき》のないメイドであった。

「しかし……相変わらずそういう格好が好きだな、ハヤテは」

「好きでやってるわけじゃないですよ！」

「もちろん私は主人として、ハヤテがなにをしようと受け止めるつもりだが……」

「真顔でそんなこと言わないでください！」

ハヤテはおたおたして、手を振り回していた。ナギの目つきは真剣だ。

彼女はメイド服につけられたネームプレートを眺めていた。

「……A・ハーマイオニー。綾崎《あやさき》ハーマイオニー……」

「あのっ、ちょっと……！」

慌《あわ》てて胸元を隠すハヤテ。

「そんな名前を使っているのか……」

「違うんですお嬢様。なんでもいいから名前を考えろって言われて、前に使ったこれしか思い浮かばなくて、決してエマ・ワトソンが年食って色気が出過ぎて不満があるとかそういうのでもなく、なんと言いますか……」

「……ハヤテ」

「……はい」

「ネコミミの方がいいんじゃないのか。あと首に鈴《すず》」

「僕はブロッコリーの看板娘ですか!?」

それから彼は、ナギの背後に向かって言う。

「いいんちょさんたち、ひどいですよ！　お嬢様を連れてくるなんて言ってなかったじゃないですか！」

「そーだっけ」

泉《いずみ》は首をかしげた。美希《みき》と理沙《りさ》は、例によってにやにやしている。

「そうです！　そもそも僕がメイドをやるなんてことも……」

「でも似合ってるから」

「そうじゃなくて！」

「まあまあ。ここでいがみ合うのも、迷惑になるから」

美希が割って入る。

「とりあえず席へ案内してくれる？　メイドさん」

「う……僕のことですよね」

「そうよ」

美希も理沙も泉も、ついでにナギも、ハヤテ以外のメイドに接客《せっきゃく》してもらおうとは思っていなかった。

「こちらへ……って、朝風《あさかぜ》さん、なんですかそれ」

「ビデオカメラ。知らない？」

理沙が持っているのは、小型のデジタルビデオカメラであった。ちなみに泉の実家の会社製。

「知ってますけど」

「これでハヤ太君の働きっぷりを撮影《さつえい》しようと思って」

「……なんでそんなことを」

「動画研究部だから。それになくなった動画データを、少しでも取り返さないとね」

理沙は当然だろうと言いたげだった。いつの間にか、美希までビデオカメラを取り出し、回していた。

「さあ席へ案内して」

「……拒否《きょひ》は出来ないんですよね」

「もちろん。ああ、ハヤ太君。あとでもう一人来るから、席をとっておいて」

「はあ……？」

返事をするハヤテ。理沙《りさ》は含み笑いをした。

ハヤテは四人を窓際の席に案内した。通《つう》はメイドが働いているところを眺めるために厨房《ちゅうぼう》近くを希望するというが、さすがにそこまでしなくていいだろうと思ったからだ。

苦情はなかった。ただし彼女たちは、ハヤテの接客態度を観察《かんさつ》する気満々であった。

「ハーマイオニーさん」

嫌がらせのごとく言ったのは、美希《みき》である。

「おすすめはなに」

喫茶店《きっさてん》でお薦《すす》めもなにもあるかとハヤテは思ったが、口には出さずに笑顔を作る。

「そ、そうですね、コーヒーはいかがでしょう。当店では豆を挽《ひ》いて、サイフォン式のコーヒーメーカーで抽出《ちゅうしゅつ》しております」

「じゃあキリマンジャロ」

「かしこまりました」

「メイドさん、私はなにか紅茶がいい」

理沙がカメラを回しながら言う。メイド服の胸元ばかり映しているのは気のせいか。

「アールグレイが、お薦《すす》めです……」

「それで」

「はい……」

「私はねー、グレープフルーツジュース」

泉は裏表がない。ごく普通に注文をすませる。

残るは一人である。

「あの、お嬢様……」

ナギはあまり機嫌《きげん》がよさそうではない。メイド姿に驚いてから、どうもなにか言いたそうであった。

じっと、ハヤテのことを見つめている。

「ご注文は……」

「ハヤテ……私の好みは知ってるだろう」

知っていた。彼女は紅茶好きなのである。朝は牛乳を飲むが、あとは紅茶が多い。

「あの、でも、こういう店なので、一応注文を訊《き》くのが……」

「お前は私の執事《しつじ》と店のメイド、どっちを優先させるのだ」

そんなこと言われても困る。

ハヤテは急いで礼をすると、そそくさと厨房《ちゅうぼう》に向かった。あの席から離れないと、なにをされるかわからない。理沙《りさ》と美希《みき》のカメラが追っていたが、そこは気にしないふり。

このまま閉店になればいいのにと思ったが、注文した飲み物はちゃんと出てきた。

ナギたちのテーブルに持っていく。

「お……お待たせしました」

平静を装いながら、カップを並べていく。この手の喫茶店《きっさてん》には珍しく、テーブルはかなり広い。十分なスペースがあった。

「ミルクはどうなさいますか」

美希に訊《き》く。ここの店は、メイドがじかにミルクを入れるサービスがあるのだ。手つきが直接見られることで、評価も高い。

「ちょうだい」

「ではお入れします。ちょうどいいところでストップとおっしゃってください」

真鍮製《しんちゅう》ミルク入れから、ゆっくりコーヒーカップの中に注ぐ。円を描いて全体に行き渡るようにした。

どれだけ注いでもストップがかからない。このままではミルクがなくなりそうだ。

「あの、ご主人様……にゃっ！」

ハヤテは悲鳴を上げた。美希がストップという前に、手を伸ばして太ももを摑《つか》んだのだ。

驚いたのはハヤテで、激昂《げっこう》したのはナギ。

「美希、なにをするんだ！」

当の美希は太ももを確認した手を、閉じたり開いたり。

「意外と太い。さすが鍛《きた》えた男の子」

「私の執事だぞ!?」

「今はこの店のメイド。セクハラサービスもありのはずよ」

「あるわけないだろう！」

ナギが叫んだ。ハヤテもまったく同感である。それではどこかの風俗店《ふうぞくてん》だ。

美希は全く気にしてない。「スカートの上から触《さわ》ったからセーフ」などと言っている。

「ほらハーマイオニーさん。もっとミルク入れて」

「え……あの……」

ためらうハヤテ。またなにかされるのは、わかり切っていた。

「早く」

渋々《しぶしぶ》、残り少なくなったミルクを注ぐ。

また美希が手を伸ばした。ハヤテはすっと身体をずらしてかわそうとする。

「……ナギ。私の代わりに触って」

「えっ⁉」

ナギの小さい身体が、ぴょんと浮いた。

「ハーマイオニーさんは私に触られるのが嫌みたい。でもナギが相手なら平気なはず」

「そ……そうなのか」

ナギがごくりと唾《つば》を飲み込んだ。ハヤテは慌《あわ》てる。

「いえ、お嬢様、僕はそんなことは……」

「ハヤ太君は雇《やと》い主《ぬし》に触られるのが嫌なの」

美希《みき》がこんな時に限り、主人などと持ち出してくる。ハヤテは逃げだそうとした足を、止めるしかなかった。

「ええっと……」

「ナギ。ハーマイオニーさんの身体に触っちゃって。なんならスカートをめくってもいいわ」

「そんな……！」

抗議の声を上げるハヤテ。だがナギの目は見開かれており、なにやらただごとではない雰囲《ふんい》気《き》が漂ってくる。

他にも理沙《りさ》はさっきからビデオカメラを回しっぱなしであり、泉《いずみ》はわくわくしっぱなしであった。

　美希の口元は笑っている。ハヤテはこれが、仕組まれたものだと直感した。動画研究部の面々は、このことを狙ってメイド喫茶《きつさ》で働かせたのだろう。

　彼にしてみればとんでもない話だ。こんなところを撮影《さつえい》されては、なんの材料にされるかわからない。きっと数時間後にどこぞのサーバにアップされ、ニコニコ動画と字幕ｉｎで膨大《ぼうだい》なコメントがつく。

「ハヤテ……」

　ナギが呟《つぶや》く。

「は、はい……」

「お前は主人に触られるのが嫌か？」

「い……嫌とかそういうのではなくてですね。そういうのは、パワーハラスメントですから、法を犯す以上やってはいけない行為じゃないかって」

　ナギの手が、そろそろとハヤテのスカートに伸びていく。

「……お嬢様？」

　聞いていない。なんだか別方向の使命感に目覚めたみたいだ。

「お嬢様？　……なにをなさるんですかお嬢様！　そこは女にとってはかなりやばい……いや、男にとっても相当やばい場所です。お嬢様、お気を確かに、お嬢様！」

ハヤテの純潔(?)が無惨《むざん》にも散らされそうになったその時。

からんからん。ベルの音がして、店の扉が開いた。これ幸いと、ハヤテはテーブルを離れる。

「いらっしゃ……じゃなくて、お帰りなさいませ、ご……」

ご主人様、と言おうとした言葉は、喉《のど》に引っかかって出てこなくなった。

入ってきた客は、ハヤテと同じ歳の少女であった。それだけではない。非常によく知ってる顔だ。

「……西沢《にしざわ》さん」

店内に一歩だけ踏み入れた歩《あゆむ》は、驚愕《きょうがく》でぽかんとしていた。

「ハヤテ君……じゃないや……」

彼のネームプレートに目を走らせている。

「ハーマイオニーさん……?」

「い、いやこれは、その……僕……だけど」

「やっぱりハヤテ君……」

「待って、違……わない」

ハヤテは頭の片隅で、なぜ慌《あわ》ててるのだと考えた。落ち着け僕。いや、慌てるのは当たり前か。

なにしろ彼女は女装姿《じょそうすがた》のハヤテを知らない。ましてやメイド姿も初体験で、ハーマイオニーも知らない。もし知っていても、それはホグワーツの魔法少女であり、綾崎《あやさき》ハーマイオニーなんてはじめて見たはずだ。

それに、あまりに何度も女装しているので彼自身も忘れがちだが、普通の女の子は男のこんな格好を見ると、まずドン引《び》きするのだ。

幸い歩はドン引きしなかった。ただ、お口あんぐりだった。

「あーっ、ハムスター！」

窓際の席でナギが叫んだ。

「なぜこんなところにいるのだ!?」

「え……ナギちゃん？」

歩も驚いている。彼女の立場からいえば、ナギこそなんでいるんだということだろう。

「こら、ハヤテになにをしようとしてる。せっかく私がパワーハラスメントの餌食《えじき》にしようと……」

「あ……ええっと、西沢さん！」

急いでハヤテが割って入る。

「この店で休むんですよね、ね!?」

「う、うん……」

「じゃあ中へ、あっちの席へどうぞ。あー、忘れてた。いらっしゃいませご主人様」

ハヤテはこっちこっちと、歩を空席へ案内した。

場所は店の中程。観葉《かんよう》植物の裏である。ナギたちの席から見えないところではないが、それなりに離れている。すぐ隣に座らせなかったのは、もちろん起こりうるトラブルを未然に防ぎたいから。

水とおしぼりを、歩《あゆむ》に渡した。

「どうぞ……」

「ありがとう。……ハヤテ君？」

「は、はい」

「どうしてこんなところで、働いているのかな？」

「ええっとね、それは」

深い事情が、と言いかけたところで横から口が出される。

「教えようか」

「わっ、お嬢様！」

いつの間にか、歩の向かいにナギが着席していた。

「どうしたのですか……！」

「あそこではここの会話が聞こえないから移動してきた。おいハムスター」

「なにかな、ナギちゃん」

「なんでこの店のことがわかった」

「謎《なぞ》の人から、メッセージをもらったんだけど」

歩は地図が同封されていた封筒《ふうとう》を取り出す。

「この店に来ればとても楽しいことが起こるって書いてあるから、ついふらふらと」

「ふらふらと来るな。楽しいことって……まあ、誰の仕業《しわざ》かわかるが」

あの三人に違いない。そのことはハヤテもすぐ察することができた。きっとこれも、動画研究部のいいデータとなるのだろう。

「そっちは置いておくとして……いいかハムスター」

「ハムスターハムスターって、西沢《にしざわ》歩って名前があるってこと、前にも言ったんじゃないかな」

「ハムスターで十分だ。ハヤテはある事情で、こんな格好をしている」

「事情がなきゃメイド姿でいないよね」

「さらっと言うな。とにかく、今は取り込み中なのだ。ハヤテはここで働いてるし、私はパワハラで忙しい。水でも飲んだら、さっさと帰るんだな」

冷たい物言いをするナギ。彼女としては（パワーハラスメントはともかく）、これ以上関係者を増やして話を大きくしたくないのだろう。ハヤテのメイド姿を、少人数だけで鑑賞《かんしょう》したいという欲求もあるのかもしれない。しかし、

「なんで？」

　歩が首をかしげる。

「ハヤテ君は今、このお店に雇《やと》われているんだよね」

「それは……そうだが」

「じゃあ私がお客さんとして相手してもらうのは、普通のことじゃないかな」

「む……」

　ナギが唇を嚙《か》んだ。だがそれも一瞬で、歩《あゆむ》の台詞《せりふ》を振り払うように口を開く。

「そ、それでも本当の雇《やと》い主《ぬし》は私だ。許可なくハヤテに近づくのは禁止だぞ」

「でもそういうのって、ハヤテ君の意思が重要なんじゃないかな」

　いきなり話を振られ、驚倒《きょうとう》するハヤテ。

「え……？」

「それに私は、ハヤテ君にこの席まで案内されたんだから」

　歩がハヤテの方を向いた。

「ね」

　彼女はにこりと微笑《ほほえ》む。邪気《じゃき》のない笑顔に、さすがのハヤテもくらりとする。

「な……なんだと、おい！」

　ナギはいつの間にか立ち上がっていた。

「ハムスターなのに、どういうつもりだ」

「いつも通りなんだけどな」

「この、ハムスターめ！」

ナギの背後にオーラが揺らめく。オーラは水に落とした水彩絵《すいさいえ》の具《ぐ》のように広がると、ゆっくりとくねって龍《りゅう》の形へと変化した。

歩《あゆむ》の背後にもオーラが立ちのぼり、ゆっくりと固まっていく。

ハヤテはぽかんとしていた。

「な……なんだ……？」

彼は知らなかった。というか、認識できなかった。これはオーラ対決。互いを認識した恋のライバルたちがおこなう、男には絶対観ることのできない精神の格闘技《かくとうぎ》なのだ。

この闘いは精神力、ついでに財力《ざいりょく》によっても強弱が決まる。ナギの龍は強大であり、「七つの珠《たま》を全部集めたら出てくるアレ」にそっくりであった。

「私のドラゴンに勝てるものか！　……な、なっ!?」

ナギは我知《われし》らずうめいていた。

歩の「ハムスター」というのは、ナギが一方的につけたあだ名である。はじめて顔を合わせた時、彼女たちは互いをライバルとして認識、その場でオーラを発して対決したのだ。

このとき具現《ぐげん》化したのが、ナギの龍と歩のハムスターである。勝敗はあきらかで、龍があっという間にハムスターを丸呑《まるの》みして勝ち。これ以来、歩にはハムスターの名前だけが残った。

今も歩の背後にはハムスターが出現していた。だが前とは違い、龍が何度嚙《か》みつこうと歯が立たないのだ。小さな身体は分厚い装甲板《そうこうばん》で覆《おお》われており、ちょっとやそっとでは壊《こわ》れないようにできている。まるで戦車みたいなハムスターであった。

ナギとしては、ライバルの成長を認めざるを得ない。

「こ、このハムスター……。余裕《よゆう》の態度といい、下田《しもだ》でなにがあったのだ」

「別に」

「む……」

歩《あゆむ》はにこやかだ。むしろナギに対して、座るよううながしたりしている。

ナギが着席した。穏《おだ》やかな顔つきではない。

ハヤテの心臓《しんぞう》は、壊れた目覚まし時計のように鳴り響いていた。この二人は認め合っているようだが、基本的にライバルである。以前のようにナギが一方的に優位に立つことはないが、逆に緊張が高まりやすくなったとも言える。

「ハムスターは、ハヤテのいるところに必ずやってくるな」

「ナギちゃんもそうだよね」

「私はあたりまえだ。一緒に住んでるんだから」

「仲良さそうでいいよね」

歩が微笑《ほほえ》む。

「く……上から目線め」

　ナギがぶつぶつ文句を言う。

「だいたいハヤテのこの姿を見て、お前は引いたりしないのか。大半の人はドン引《び》きだぞ」

「普通はそうだよねえ」

「綾崎《あやさき》ハーマイオニーなんて源氏名《げんじな》までつけている。音楽に興味を持った中学生が『サミーと呼んでくれ』なんて言い出すような痛さだ。小説のキャラというあたりが、また痛い」

「ハヤテ君、そっち系の趣味《しゅみ》があってもおかしくなさそうだから」

　納得しないでよ、とハヤテは思った。全ては成り行きである。弁償《べんしょう》のためにこんなところでこんな格好をして働いているのだ。「辞《や》めりゃいいじゃん」と言われれば反論のしようがないが。

「聞きそびれちゃったんだけど、ハヤテ君はなんでメイドさんのコスプレしてるのかな?」

「あ……えーと、これは」

　ハヤテはざっと説明した。ドッペルゲンガー云々《うんぬん》のところは省略。

「ほえー。大変だね。協力しようか」

「え?」

「この店の常連になった方がいい? ハヤテ君が人気メイドさんになればいいんじゃないかな」

「それは……そうなんだけど。数日の約束だから」

期日が過ぎれば一応解放される。人気が高まって売り上げが伸びれば、逆に拘束《こうそく》されかねない。

「そっかー。残念だなあ。もう少しハヤテ君のメイドさん姿、見てみたいんだけど」

「あのね、西沢《にしざわ》さん……」

「ハムスター、そこらへんは私も同感だが、執事《しつじ》がいなくなるのはこっちが困る」

「ナギちゃんの家でもメイドさん姿でいれば?」

「おお。お前は天才だな」

やめてくださいよ、と言いかけた途端、店内にチャイムが鳴った。

ピンポンパンポン。ピンポンパンポン。

年かさのメイドが声を張り上げた。

「ただいまから、恒例《こうれい》のゲームタイムをはじめます。ふるってご参加ください」

各テーブルが、わっと沸いた。

ナギが店内を見回した。

「なんだ、ゲームタイムというのは」

「えーっとですね、お客様の中でゲームをしてもらって、勝った人には豪華賞品がプレゼントされる企画です」

ハヤテが説明した。もっとも彼も、この企画を経験するのは初めてである。

「どんな賞品だ」

「本日の賞品は……」

彼は黒板に書かれたイベント予定表を確認した。

すっと血の気《け》が引く。

「え……えーと……」

「どうした」

「メイドさんとの一日デート権……です」

「ほお」

ナギの瞳が妖《あや》しく光る。

「ゲームの種類はなんだ。格《かく》ゲーか？」

「それは、お客様の実力差が如実《にょじつ》に出てしまいますから……」

「じゃあバックギャモンかモノポリーか。構わないぞ」

「そういうのでもないです。えー……」

ハヤテはもう一度、目を細めて黒板を眺める。

「トンネルから出てくるワニをハンマーで叩くやつ、です」

「あー、あれか」

ナギはにやりとした。

「よし、私も出よう。おいハムスター」

「なにかな」

「お前も出ろ。どっちが優れているか、ゲームで勝負だ！」

「……いいよ」

ハヤテは「ええっ！」と悲鳴を上げた。

「西沢《にしざわ》さん、無理してお嬢様の遊びに付き合わなくても」

「別にいいよ。前にカラオケ対決で負けちゃったから、復讐戦《ふくしゅう》」

「お嬢様も、反射神経を要求されるゲームですよ!?」

「ゲームで後《おく》れを取るわけにはいかん」

二人はすでに立ち上がっていた。ゲームの筐体《きょうたい》のあるところへ歩いていく。その後ろからは、美希《みき》たち三人がビデオカメラ片手についてきていた。すっかり記録映画気分だ。

このときハヤテは、他人ではなく自分の身を心配していた。

メイドさんとの一日デートって、きっと僕なんだろうな。

ゲーム自体は、温泉やホテルのゲームコーナーにあるマシンと変わらない。ただしワニではなく、「見せられないよ」と書かれたプレートを持つキャラクターを殴《なぐ》るあたりが変わっている。他意《たい》はないですよ。

参加者は金色のハンマーを握って勢いよく、「自主規制君」（という名前だそうです）を殴っていた。高得点がマークされるたびに歓声《かんせい》が沸《わ》く。ちなみに満点は百点。

「あー、こちらのご主人様はかなりの腕前です。八十三点！」

ハヤテがマイクを持って司会を務めていた。小太りの男が両手を挙げてアピール。

「さて次のご主人様は……西沢さん？」

歩《あゆむ》がゆっくり登場し、ハンマーを受け取った。

ナギは小声でハヤテに、

「おい。ハムスターはゲームが得意なのか」

「聞いたことありませんけど……」

歩の姿は、特に困ったようには見えない。

ピッ、ピッ、ポーン。ゲームスタート。自主規制君がトンネルから「見せられないよ」と書かれたプレートと共に現れる。歩はそれを、順当に叩いていった。

「……うまいな」

ナギが感心した。女の子にありがちな「きゃーきゃー言いながら叩く」のではなく、ある種の求道《ぐどう》的な精神で、無言のプレイをしている。目の前のゲームに集中していた。

「ハムスターめ、やるじゃないか」

歩はかつて、カラオケ対決でナギに惨敗《ざんぱい》している。恐らく敗因《はいいん》を分析《ぶんせき》し、集中力の差だと結論づけたのだろう。カラオケでそれは的《まと》はずれだが、ゲームでは正しい。動きに無駄《むだ》がなく、ミスも即座にリカバリーしていた。

ナギの心に、焦燥《しょうそう》のようなものが生まれる。

予想以上に歩《あゆむ》が上手《うま》い。普通の気構えで戦っては、一瞬で敗北してしまいそうだ。それははっきり言って困る。

(どうする……)

(そこで私の出番)

「わ!」

つい声を出してしまい、いくつかの視線が向いた。慌《あわ》てて口を塞《ふさ》ぐ。

頭の中に話しかけてきたのは、ドッペルゲンガーこと偽《にせ》ナギであった。

(今さら驚いてどうする)

(驚くだろ! あれっきり出てこないと思ったのに)

(あれだけ振っておいて出なかったら苦情が来る。ともかく、ハムスターに苦戦しそうなんだな)

(ハムスターからドワーフウサギくらいに進化したかもしれない)

(私がアドバイスをしてやる。負けられてはつまんないからな)

(ゲームをやったことがあるのか?)

(誰だと思っている。お前自身だぞ)

偽ナギはなにごとか囁《ささや》いた。

ピーッ。歩のプレイが終わった。

「お疲れ様でしたー。点数は……おおっ、これは凄《すご》い、九十八点！」

拍手がわき起こった。歩はぺこりと頭を下げる。少しだけナギに視線を寄越していた。

「ふん……」

ナギは憤然《ふんぜん》として腕組みをする。

ハヤテの司会は続く。

「次はですね、えーと……お嬢様？」

「あとでいい」

「いいんですか？」

「いい」

とナギ。ハヤテは順番を飛ばし、他の客を呼んだ。

何人かプレイをして、全員それなりの得点をマークした。ただし歩には及ばない。

「ではそろそろ、お嬢様……」

ナギが無言で進み出る。周囲からは「小学生？」「可愛《かわい》らしいな」との声が上がる。

彼女はハンマーを手に取った。

すでに頭の中には「いかに効率よく自主規制君を叩くか」しか存在しない。ハヤテも歩も例の三人も見つめているが、目をつぶって視界から追い出す。

何回か深呼吸。見開いた。

「よし！」

ゲームスタート。自主規制君が順々にトンネルから出てくる。

ナギは無駄《むだ》のない動きでそれらを叩《たた》いていった。トンネルから出てくるスピードは最初は遅いが、徐々《じょじょ》に早くなる。それにも惑うことなくついていく。

感心したような声があちこちで起こる。こんな小さい子が誰よりもうまく叩いているのだ。

実はナギは、直前までプレイしている様子をじっと観察して、自主規制君のパターンを覚えたのである。出てくるトンネルさえわかれば、あらかじめハンマーを動かすことができる。

ゲーム好きの彼女とずば抜けた記憶力のなせる業《わざ》であった。

「これは凄《すご》い、ここまでミスがありません。パーフェクト！」

ラスト近くなり、自主規制君が一斉《いっせい》にトンネルから出てくる。ナギは神業《かみわざ》的な動きで対応する。

だが、徐々にハンマーの動きにブレが生じていた。疲労で手が震えているのだ。身体ではなく集中力で押さえつけようとするナギ。

それでもヒットカウンターは跳ね上がる。九十、九十一、九十二、九十三。

「さあもう時間がありません。三……二……一」

ピーッ。ゲーム終了。

ナギは肩で息をしながら、台にハンマーを置いた。

「さあ点数です……。なんと、九十八点！」

やはり歓声が上がる。が、ナギは手で顔を覆《おお》った。疲労からラストでミスをしたのだ。小さい身体によるスタミナのなさが、最後の最後で足を引っ張った。

「ということは、同点ですねー……同点？」

司会をしているハヤテ自身が、きょとんとした。

「豪華賞品《ごうかしょうひん》は……どうするんだろ」

年かさのメイドがハヤテの元に寄る。耳元になにか言っていた。

「えー……店長からのお知らせです。同点のため、商品はお二人にプレゼントすることになりました」

おおー。ギャラリーが拍手をした。

「商品は、メイドさんとの一日デートになりますが……どなたにしますか」

答えは決まっている。ナギと歩《あゆむ》は同時に言った。

「綾崎《あやさき》ハーマイオニーさん！」

がくっとするハヤテ。ひときわ大きな拍手が上がる。

無論この模様は、生徒会三人組によって、しっかり撮影《さつえい》されていた。

第二話　たったひとつの冴《さ》えない勝負

橘《たちばな》グループといえば、日本のグループ企業内でも相当の知名度を誇ったコングロマリットである。化学製品を中心に、不動産、製紙といった企業を傘下《さんか》におさめ、一時はかなりの勢いを誇っていた。

ただしこれらは全て過去形である。バブル崩壊《ほうかい》とその後の不況《ふきょう》の直撃を受け、グループ企業はほとんどが倒産《とうさん》、あるいは身売りの憂《う》き目《め》を見た。金融《きんゆう》関係会社がなかったのも災《わざわ》いし、資金調達が不可能に近かったのである。そのため現在はグループそのものが忘れ去られ、エンタテインメイト部門を残して活動をしていない。

その橘グループエンタテインメイト部門総本山《そうほんざん》、「レンタルビデオタチバナ　新宿《しんじゅく》本店」。店長兼グループ統括《とうかつ》の橘ワタルは、さきほどからパソコンの画面とにらめっこしていた。

彼はナギと同じ十三歳。世間的にはまだまだ少年だが、立派な店長である。橘グループを再《さい》興《こう》させようと、日々奮闘《ふんとう》しているのだ。ビデオレンタルチェーンが潰《つぶ》れもせず機能しているのは、まったくもって彼のおかげ。

そのワタルが、身じろぎもせずにパソコンを眺めている。時々マウスを動かしてクリックするものの、やはり無言。もう数時間も、同じ体勢であった。

「若《わか》、お茶が入りました」

眼鏡《めがね》のメイド、貴嶋《きじま》サキが、コーヒーカップをトレーに乗せてやってきた。集中していると知り、そっと机の上に置く。

それでもワタルは気づかない。

「……」

頃合いを見て、サキが声をかけた。

「若?」

「え?　……サキか」

ワタルはようやく気づいた。

「若、コーヒーが冷めてしまいます」

「あー、わりぃ。飲むから置いといてくれ」

彼はまたパソコン画面に向き直った。飲み物に関心が向いていない。よほど気になることのようであった。

「どうしたのです?」

サキが訊《き》く。

「んー……。サキ、お前、ビデオの仕入れはやってないよな?」

「そのあたりは、全て若にお任せしていますが……」

レンタルビデオの品揃《しなぞろ》えは、ワタルの経験に裏打《うらう》ちされた勘《かん》によって成り立っている。好事家《こうずか》の間では「かゆいところに手が届くラインナップ」と呼ばれているのだ。

このあたりは、とてもサキの及ぶところではない。なので彼女は手出しはしなかった。ドジを踏まれると怖いので、ワタルがやらせないということもある。

ワタルはエクセルを睨《にら》み、いくつか項目《こうもく》をクリックしていた。

「どーも仕入れが鈍いんだよなあ。新作も旧作も、ウチに届くのが遅い。届かないものもある。流通に嫌われるようなこと、したかな？」

「いえ、問屋《とんや》さんが若《わか》のこと褒《ほ》めてました。あいつは客の好みがよくわかってるって。偶然じゃないんですか？」

「偶然にしちゃあなあ……。見ろ、このままだと『時をかける少女』が一本も入んねーぞ。売れ線仕入れないと、ビデオ屋は終わっちまう」

「若のコレクションを、臨時《りんじ》に貸し出しすれば……」

「あれで金を取ったら、手が後ろに回るだろ。ナギに自慢するためだけにあるんだよ」

「この前、お客さんが『ガンドレスの劇場公開版を貸してくれ』って言ってきましたけど……」

「貸せねーよ。そりゃ観に行った人間は、滅多《めった》にいねーだろうけどな」

「このノベライズの作者はスクリーンで観たそうですよ」

「担当編集もな」

店内にはワタルのビデオコレクションが備えられている。東欧《とうおう》のコンクールに一度だけ出展されたものから日本の作画崩《くず》れまで、多種多様なアニメビデオが並んでいる。だが一般貸し出しはしておらず、ナギに自慢するためだけに存在していた。

腕を組むワタル。

「まじーな。このままじゃ回転率のいいビデオが入ってこない。在庫の切り売りをする羽目になるぞ」

「問い合わせは？」

「もちろんやるけどさ」

「あの……でしたら」

サキは慎重《しんちょう》に切り出した。

「ナギお嬢様にお願いしては」

「駄目《だめ》だ」

一言《いちげん》の下《もと》、ワタルは却下《きやっか》した。

「これくらいの困難、自分の力でどうにかしねーと、橘《たちばな》グループの再興《さいこう》なんかできねーよ。ナギに頼ってられるか」

「……」

「だろ？」

「はい……」

ワタルは自分の双肩《そうけん》に橘《たちばな》グループの未来がかかっていることを、十分自覚していた。十三歳にそのような重みがあること自体理不尽《りふじん》なのだが、彼は運命を嘆《なげ》いたりせず、むしろ立ち向かう気概《きがい》に満ちていた。

サキとしては、そのあたりを頼もしく思っていたりする。

「サキ、どうしたんだ？」

「あ……いえ」

彼女はゆるんだ頬《ほお》を、急いで引き締めた。

「でも若《わか》、ビデオのことは早いうちになんとかしませんと」

「まーな……」

ワタルはようやく、サキの入れたコーヒーに口をつけた。

○

「……おいハムスター」

ナギが言った。

「なにかな、ナギちゃん」

歩《あゆむ》が答える。

「いつまでいるつもりだ」

「うーん……今日一日？」

「気を利《き》かせて、早めに姿を消したらどうだ」

「ええー、もったいない」

「どうせ喫茶店《きつさてん》の景品だ。私に譲《ゆず》れ」

「それじゃあハヤテ君と一緒《いっしょ》にいられないじゃん」

「そこが問題なのだ！」

ナギがわめいた。通行人が「なんだなんだ」「なにごとだ」とこちらを向く。

彼女は気にせず喋《しゃべ》り続けた。

「お前までいては、ハヤテとのデートの意味がないだろう！」

「ゲームの賞品、私ももらったんだから、しょうがないんじゃないかな」

「デートは二人でするものだ。ダブルデートも、カップルが二組揃《そろ》わなきゃ意味ないんだぞ⁉」

「ハヤテ君は一人しかいないからねえ」

「だから邪魔《じやま》するなと言ってる！」

ナギはハヤテの左腕にしがみついたまま叫んだ。歩は右側にたち、平然と聞き流している。

ハヤテは心の中でため息をついた。

メイド喫茶でのゲームの結果、ナギと歩は「メイドさんとの一日デート権」を手に入れた。

彼女たちが希望したのは当然ハヤテ。結果、こうして三人で外出しているわけである。

ナギは家でハヤテと会える。引きこもりなこともあるので、ここまでして外に出ることもないのだが、相手が歩《あゆむ》となれば話が違った。デートもそうだが監視《かんし》も必要。かくして変則デートとなったのだ。

なお、ハヤテはメイド姿のままである。賞品なのでこれも当然。

ハヤテ個人からしてみれば、意外と困った状況である。両脇が剣呑《けんのん》なのもさることながら、メイド姿で歩いているのだ。日本において、これは外出着ではない。

しかも第三者から見ると、女の子三人が並んでいると思われるのである。おかげで男三人組にナンパされたくらいだ。女顔の自分を、恨《うら》めしく思ったりもする。

三人は、横一列のまま歩き続けた。

「で、どこに行くのだ。ハヤテ」

ナギが訊《き》いた。

「どこでもいい、と店長は言ってました」

「そうではなくて、エスコートするのはお前なのか私たちなのか」

「それもどうでもいいそうです。お嬢様が多額のお金を払ってくれたので、今すぐ閉店してもいいくらいだと」

「賞品というより人身御供《ひとみごくう》だな」

メイド喫茶のある場所からは、かなり離れていた。その間ずっとハヤテはじろじろ見られっぱなしであり、かなり恥ずかしい。

「お嬢様、カラオケでも行きましょうか」

「アニメの打ち上げやアニソン歌手のライブで使われる、あのカラオケチェーンか？」

「詳しいですね」

「いつか行きたいとは思っていたんだ。……でも、ハムスターとは一度行ったからな」

「じゃあまた今度に」

ナギが気乗りではなさそうなので、ハヤテは引っ込めた。

歩が言った。

「でもハヤテ君、本当にどうしよう」

「うーん……どこかで暇《ひま》でも潰《つぶ》そうか……」

「デートなのに暇を潰すって言い方は、ないんじゃないかな」

「じゃあ時間を消費する」

「同じだよ」

三人は文字通り、あちこちをうろうろしていた。まさにさまよえるオランダ人。迷える子《こ》羊《ひつじ》である。

「もし……」

背後から声がかかった。

「迷える子羊《こひつじ》の皆さん？」

聞き覚えのある声に、ハヤテが振り返る。

そこにいたのは、丸い眼鏡《めがね》をかけたシスターであった。黒く長いワンピースのスカートを着用しており、首には十字架《じゅうじか》のネックレスを下げている。目立つが、メイド服と違い、それほど異様な姿ではない。

ハヤテは彼女を知っていた。

「あれ……シスター？」

「こんなところで会うなんて」

このシスターは、本名ソフィア・シャフルナーズという。わけあって三千院《さんぜんいん》家に復讐《ふくしゅう》しようとし、わけあって一時中断している。以前はアレキサンマルコ教会にいたのだが、現在は流しのシスターとして説法《せっぽう》に努めていた。

「うわっ、また私を狙う気か!?」

ナギはハヤテの後ろに隠れた。ナギとシスターも見知っている。

「しませんよ。今は」

「いずれするんだろう」

「現在はそれどころではないので」

確かにシスターには殺気が見られなかった。聖職者《せいしょくしゃ》に殺気というのも変な話だが、彼女はいざとなったら、ヴァチカンの第十三課並のパワーを発揮《はっき》するのだ。

「聖職者が忙しいのは、いいことなのか」

「神の御心《みこころ》のままに。でもちょっと違う事情です」

自分への攻撃ではないと知り、ナギは安堵《あんど》してハヤテの背後から出てきた。

歩《あゆむ》もシスターと挨拶《あいさつ》をする。執事《しつじ》の派遣実習《はけんじっしゅう》で出会ったことがあった。

「ところでハヤテ君……その格好は？」

怪訝《けげん》な顔をするシスター。ハヤテは答える。

「メイド服ですよ」

「メイド、好きなんですか？」

「いえ、特には」

「じゃあなんで着ているのです？」

「メイドですから」

シスターは首をかしげたものの、それ以上追及はしなかった。代わりに、

「あなた方はどこか行くつもりですか」

「いやあ、特に行く場所はないいんですけど」

とハヤテ。デートの場所は結局決まっていない。このままだと、ただの街中散歩となる。

「では私と一緒に行きませんか。人助けです」

「いいですけど、どこかで独居老人《どつきよろうじん》の話し相手になるんですか。西沢《にしざわ》さんはともかく、お嬢様は『桃太郎《ももたろう》　空《そら》の神兵《しんぺい》』の話になっちゃいますよ」

余計なことを言うなとナギが呟《つぶや》く。

シスターはにこりとした。

「いいえ。そろそろ困っている人が出てくるはずですから」

「そろそろ……？」

ハヤテは疑問符《ぎもんふ》を浮かべた。

「そうです。私が助けてあげませんと」

「……はあ」

「こちらです」

シスターは先に立って歩き出した。


着いたところは、ネオン管も若干《じやつかん》くたびれ気味な、レンタルビデオ店であった。

「ワタル君のところじゃないですか」

ハヤテは「レンタルビデオタチバナ」の看板を見上げた。

「ここに迷える子羊《こひつじ》というか、困っている人がいます」

シスターが自動ドアをくぐった。

レジにいる少年が顔を上げる。

「いらっしゃい……あれ、シスター」

そしてワタルはシスターの後ろにいる一団を見て、ぎょっとした。

「ナギ……はいいとして、借金執事《しつじ》。なんだその格好」

「ワタル君こんにちは」

ハヤテは一応挨拶《あいさつ》する。

「メイドの服を着るなんて、ついにナギに売り飛ばされちまったのか」

「お嬢様に売り飛ばされたんじゃないけどね」

生徒会の三人組の仕業《しわざ》であった。なお彼女たちは、ハヤテのメイド姿をmpegにし、MADビデオの制作にいそしんでいる。

「まー、お前が売り飛ばされるようになっちゃあ、三千院《さんぜんいん》家も危ねーよな……およ、一樹《かずき》のねーちゃんじゃん」

「こんにちは。久しぶり」

歩《あゆむ》が礼をする。

「こいつらと知り合いだったのか」

「うん。ワタル君、友達多いんだね」

「まーな。ナギとは一緒《いっしょ》にしないでくれ」

ナギだけではなく、友達の多い少ないはさりげなくハヤテにもNGワードであった。人知れず傷つくメイドのハヤテ。

「ところでお前たち、なにしに来たの？」

そこでシスターが進み出た。胸の前で手を組んでいる。

「ワタル君……最近、困ったことはない？」

「へ？」

「ストーカーにあうとか、ビデオパッケージの流通が止まってしまって商品確保に苦労するとか、そういうこと」

「あー、よく知ってるな」

ワタルは何度もうなずいた。

「なにが原因だかわかんねーんだけどさあ、新作が入ってこねーんだ。日干しになっちまうよ。ったく、誰の仕業《しわざ》だか」

「ああ、それは困るわね」

シスターはゆっくり言った。

「なんだったら、力になるわよ」

「そりゃありがてーけど、シスターの仕事じゃねーだろ」

「困っている人を助けるのが、神の教えよ」

「そりゃどーも。おーい、サキ！　さっきプリントアウトした資料を持ってきてくれ」

しばらくして、店内の奥から「はーい」と返事がある。

サキが紙束《かみたば》を抱えて出てきた。

「これです若《わか》……ひゃっ」

ずるべたーん。彼女はなにもないところで足を滑らし、転倒する。

「お、おい。大丈夫《だいじょうぶ》か」

ワタルが急いで駆け寄った。

「特に……痛いところは……」

「しっかりしろよ……あー、これ資料じゃなくて、スーパーの特売チラシじゃねーか」

「えっ……あら、本当」

「しょーがねーなあ。俺が取ってくるから」

「若、そんな……」

「いいって、こいつらの相手をしていてくれ」

ワタルは店の奥に引っ込んだ。

サキは服のほこりを払いながら立ち上がる。シスターと目が合った。

「……あ、どうも」

「どーも」

どちらからともなく、視線を絡みつかせる。火花こそ散らないが、妖精《ようせい》が爪楊枝《つまようじ》でチャンバラしてるようであった。

一触即発《いっしょくそくはつ》と言わないまでも、かなり危険度が高い。この二人の間に友好的な雰囲気《ふんいき》はなかった。まるで独立宣言前のサイド3《スリー》地球連邦軍駐屯地《れんぽうぐんちゅうとんち》付近である。

サキが咳払《せきばら》いする。

「シスターは、どういったご用件ですか?」

「用事ならあります。ワタル君に」

「寄付《きふ》ならお門違《かどちが》いですよ」

「今のところ必要ありません。ワタル君のためになることです」

「……いまさら若《わか》の力を借りるなんて、遅れた宗教ですね」

「いいえ、私がワタル君に力を貸しに来たのです」

「……?」

眉《まゆ》をひそめるサキ。シスターは薄笑《うすわら》いに似た表情を浮かべていた。

奥からワタルが、ファイルを片手に戻ってくる。

「これだこれだ。先月の末から、新作が入りづらくなってんだよなー。ウチだけじゃなくて、他にも影響が出てるみたいなんだけど……流通業者とトラブルを起こしたつもりはないんだけどなあ。一週間前から完全に入荷しなくなって、バッタ屋からの仕入れも――」

シスターがそっと、ファイルの上に手を載せる。

「ワタル君……」

「なんだよシスター」

「あなたの悩み、解決してあげます」

「だからこりゃシスターの領分じゃないって……」

「悩める少年はすなわち神の子」

ずいっとシスターは顔を近づける。

「ワタル君の悩みは全て任せて。じっとしていればすぐに元通り。元シスター・フォルテシアの私がココロのスキマをお埋《う》めしましょう」

「お、おう……」

異様な迫力にワタルは身体を引いた。シスターは「ドーン!!」とまでは言わなかったが、黒ずくめのセールスマンと同じオーラを発していた。

彼女はふっと顔を柔らかくする。

「私が引き受けた以上、大船《おおぶね》に乗った気でいて。客船でいえばオリンピック級」

「なんか不吉だな……」

オリンピック級の二番船が、タイタニック号である。

シスターは「行きましょう」とハヤテたちをうながした。そこをワタルが呼び止める。

「あー、借金執事《しつじ》。待ってくれ、話が」

「いいですよ。お嬢様、先に行っててください」

ナギはうなずき、シスターと共に店内から出て行った。

残ったのはハヤテと歩《あゆむ》。ハヤテを、ワタルが指先だけで招き寄せる。

彼は頬《ほお》をやや染め、小声で訊《き》いてきた。

「おい借金執事……これだけ女性がいるのに、伊澄《いすみ》はいないのか？」

「えーと」

「どうなってんだ。俺はいつも伊澄のために、傑作《けっさく》なアニメを用意してるってのに」

「じつはですね、伊澄さんを数日前に別のことで呼んだんですが……」

ハヤテも声を潜《ひそ》める。

「まだ道に迷っているみたいです。宅配便《たくはいびん》で冷凍《れいとう》のフグが届きましたから、今は下関《しものせき》じゃないですか？」

「……相変わらずすげーな……」

ワタルは元の声音《こわね》に戻った。

「ところで借金執事は、一樹《かずき》のねーちゃんとどういう関係だ？」

「え……」

　ハヤテは台詞《せりふ》に困り、歩はうっすらと顔を赤くした。

「……西沢《にしざわ》さんとは、元クラスメートだけど」

「元？　あー、白皇《はくおう》に転校する前か。そーいや知ってるか。一樹のねーちゃんはうちに来るたびに、男心を知りたいとかで怪獣映画ばかり借りてたんだぜ。タイ製のワニに色塗《いろぬ》った映画なんかで男の気持ちなんて……」

「ワワワワタル君！」

　歩が飛びかかるようにして口を塞《ふさ》ぐ。

「そういう昔のことはいいんじゃないかな!?」

「むぐ……昔ったって、一か月くらい前じゃねーか。ちょっと前も女優がミミズに襲われるだけの変な映画を……」

　歩が手に力を込めた。

「なしなし！　私は生まれ変わったの！　下田《しもだ》に行く前までの私は、全てなし！　わかったかな!?」

　ワタルは口どころか鼻まで塞がれ、顔面を真っ赤にしていた。むぐむぐ言いながら頭を縦《たて》に動かしている。

　歩がようやく解放した。ワタルは大きく息をつく。

「あの、若《わか》……」

「んー？」

サキはどこか機嫌《きげん》がよくなさそうな表情。

「仕入れのことを、シスターにお任せするんですか？」

「本人がやるって言うんじゃなぁ」

「ご自分の力でどうにかするのでは」

「するよ。シスターはシスター、俺たちは俺たちでやりゃあいいよ。親切なんだからありがたく受け取っておこうぜ。悪い人じゃねーよ」

仕事仕事と、ワタルはカウンターに戻る。

「……悪い人じゃない……そうでしょうか……」

サキの懸念《けねん》はくぐもり、誰にも聞こえることはなかった。


ナギは店の外でハヤテを待っていた。彼が出てくればさっさとどこかへ行くつもりである。歩《あゆむ》のことは考えない。

レンタルビデオの店内ではなにやら暴れるような物音がしていた。

「……なにをやっているんだ」

一方こちらでは、シスターが背中を向けてなにやらぶつぶつ言っている。これだけ見ると、すっかり電波に操られている人だ。

「……？　シスター、なにをしてる」

「いえ……うまく行き過ぎたので、自分に酔《よ》っていたところです」

「なんだそれは。ビデオの仕入れトラブル解決なんて、引き受けてどうする。そんなのは電話の一本で解決するものだろ」

「本当にそう思いますか？」

いきなり振り向いた。

「わっ！」

シスターの眼鏡顔《めがねがお》が、ずいっと迫る。

「三千院《さんぜんいん》さんにだけ教えましょう。これは全て私が仕組んだことです」

「……なんだ？」

「ワタル君の店への流通は、私が止めたのです」

薄《うす》く笑うシスター。

「そんなことして、どうするのだ」

「ワタル君の歓心《かんしん》を得るため」

「え？」

「ビデオチェーンは橘《たちばな》グループの生命線。流通が止まってはワタル君も苦労するでしょう。そこに神の使徒《しと》たる私がやってきて、流通を元に戻せばきっと感謝をしてくれます。あとはラブラブ。天使の祝福の元にゴールイン」

なんと、シスターは「ワタルの好意が欲しい」ためだけに、このような事件を仕組んだのであった。スケールの大きさが半端《はんぱ》ではないが、確かにそう考えると、店内での会話も納得がいく。

さすがにナギも驚いた。

「意味があるのかそんなことに！」

「神の意志です」

「シスターの意思だろう。いくらなんでも、ワタルを兵糧《ひょうろう》攻めなんてやりすぎだ」

「おや、三千院《さんぜんいん》さんは私のやることがお気に召さないのですか」

「そんな卑怯《ひきょう》な手を気に入るやつがいるか！　ワタルに話して……」

「お待ちなさい」

シスターの手がナギの肩を摑《つか》む。彼女はアンデルセン神父のような笑みを浮かべていた。

「三千院さん。あなた、別の人格が存在してますね」

ぎくりとするナギ。

「なっ……なんで……!?」

「シスターを舐《な》めないでもらえますか。神に仕えるものはこれくらい見抜けるのです。恐らくあなたとは正反対の、外出好きでスポーツ大好きな人格」

立て続けに言い当てられ、ナギは動揺《どうよう》した。シスターはその言葉に被《かぶ》せるように、

「なんのために、あなたには計画を話したと思っているのです。協力してもらいますよ」

「なんだと!?」

「もし協力してくれないのなら、別人格のことを他の人に話します」

「そ……それがどうした。別にバレたって……」

「それだけじゃなくて、別人格を元の人格と入れ替えますよ。シスター舐めないでくださいよ」

「わ……わかった」

ナギはばっと手を振り払った。ただし逃げることはできない。

「それほど難しいことではありません。来てください」

「なにをすればいいんだ」

シスターは、再び聖職者《せいしょくしゃ》の慈愛《じあい》に満ちた表情に戻っていた。


「あれ……お嬢様……？」

店の外に出たハヤテは、あたりを見回した。

ナギの姿がどこにもない。ついでにシスターの姿もなかった。

「ハヤテ君、どうしたの？」

自動ドアが開いて、歩《あゆむ》もレンタルビデオ店から出てくる。彼は手早く説明した。

「ほえ？　……そういえばいないね」

「伊澄《いすみ》さんと違って、それほど迷子《まいご》になる方じゃないんだけど」

「でもナギちゃんは、誘拐《ゆうかい》とかされそうなタイプじゃない。クリスマスとかに」

「はは……。どこに行ったんだろう？　一人カラオケかなあ」

「それは寂《さび》しいね」

「一人カラオケでも一人焼き肉でもいいんだけど、どこに行ったかくらい」

だんだん、ハヤテの心中に焦燥《しょうそう》がわき起こってきた。

すっかり今の環境《かんきょう》に慣れてしまったので気にしてなかったが、ナギは身代金《みのしろきん》が服を着て歩いているような存在である。なにしろかの三千院《さんぜんいん》家の跡取《あとと》りだ。ちょっと貧《ひん》した人間なら、犯罪のボーダーラインを踏み越える誘惑をこらえるのは厳しい。だって自分がそうだったから。

だが今のハヤテは三千院家の執事《しつじ》である。ナギの身になにかあってはいけない。なにより彼のプライドが許さなかった。

「まずい……このままだと……」

「ハヤテ君？」

「僕は何度目かのクビに……。いやそんなことよりも、お嬢様の身にもしものことがあったら……」

と、遠くに黒服の女性の姿が見えた。こちらに向かって歩いてくる。

「あ、シスターだ。シスター！」

ハヤテは手を振った。

シスターは小走りに寄ってきた。

「どこに行ってたんですか？」

「ちょっと用事をすませました」

「お嬢様を見ませんでした？　シスターと一緒《いっしょ》にいましたよね？　いなくなっちゃったんですよ」

「知ってます。それより、ワタル君に……」

ビデオ屋に入ろうとするのを捕まえる。

「なに言ってんですか、お嬢様はどこにいるんです!?」

「だから知ってますって。でもワタル君……」

「知ってるなら案内してください！」

強引に振り向かせた。細い肩をがしっと握りしめる。

「お嬢様のことを救わなきゃならないんです！」

「危機じゃないですけど……」

「危機なんですか!?　どんな危機が!?」

ハヤテはほとんどシスターの言うことを聞いていなかった。瞳の奥も頭の中も、「ナギ＝ピンチ」の図式で埋め尽くされていた。

「いいい痛いです。ハヤテ君、痛い！」

シスターはじたばた暴《あば》れ出した。

「お嬢様はどこですか！」

「案内します、案内しますから！」

ハヤテはようやく彼女を解放した。もちろん休ませたりはしない。

「さあ、早くお嬢様のところへ！」

「わかりました……。でもワタル君を」

「西沢《にしざわ》さん、ワタル君を連れてきてください。行きましょう！」

ハヤテは強引に、シスターを引っ張った。

○

一方こちらは、新宿《しんじゆく》某所《ぼうしよ》にある倉庫。

新宿駅周辺はほとんどが飲食店舗《てんぽ》とオフィスだが、このような倉庫も目立たないところに存在していた。品物を一時的に滞留《たいりゆう》させる場所がないと、困る業者は多いのだ。

倉庫内にはＶＨＳビデオとＤＶＤの山。しかも文字通り山で、うずたかく積み上げられている。「レンタルビデオタチバナ　新宿本店」に流れるはずのソフトが、全てあった。

ナギは一人で、その中にいた。

まるで警備員《けいびいん》兼留守番《るすばん》だった。実際、留守番をしていてくれと言われたのだ。お伴《とも》はDVDデッキとテレビ。あと烏龍茶《ウーロンちゃ》。

「これでは家にいるのと変わらんな」

ナギの家にもビデオソフトは多い。アニメに片寄ってはいるが、品揃《しなぞろ》えには自信があった。

彼女はDVDデッキのスイッチを入れた。軽い駆動音《くどうおん》がして、ファンが回り出す。

ナギがシスターに頼まれたことは留守番以外にもあった。このソフトの山から、「ワタル君の店の分だけ」選《よ》り分けるのである。やりすぎてツではじまる某チェーン店や、ゲではじまる某チェーン店の分までせき止めてしまったらしい。そのため選択《せんたく》する必要があった。

「レンタルビデオタチバナ」は、ワタルの趣味によって仕入れがされている。だがシスターには他のソフトとの区別がつかない。なので、趣味が近いナギが連れてこられたのであった。

シスターが闇《やみ》から手を回して集めただけに、膨大《ぼうだい》な数がある。「退屈だったら中を観てもいい」と言われたが、これらをチェックするのは大変だった。

「ワタルだから、ガンダムは絶対あるな……」

ナギが呟《つぶや》く。マンガとアニメなら絶対に伏せ字《ふせじ》になるところだ。

「ゼータはテレビ版も劇場版も確実、逆シャアも絶対……F91は微妙なところだが、『パン屋に奥さんを寝取られた鉄仮面がいい』とか話してたな……」

苦労してガンダムの山をどける。この中から半分ほどワタルの店に回せばいい。量が多い気もするが、あそこならきっと捌《さば》く。

「イデオンはどうだったかな……接触篇《せっしょくへん》も発動篇《はつどうへん》も傑作《けっさく》なのだが……。そもそもレンタルをしていたか？　あるいはダンバイン……地上編で核兵器《かくへいき》を銀玉鉄砲《ぎんだまてっぽう》みたいに使うのは衝撃《しょうげき》だった」

ナギはぶつぶついいながら、ソフトの山をかき分ける。いつものように目つきは悪いが、どこか楽しそうでもある。アニメになると、なんであれ心が沸き立つタイプなのだ。

「勇者シリーズも必須《ひっす》だ。私……ワタルはロボットアニメ好きだからな。リアル路線だろうとなんだろうと観る。それにダグラムやボトムズ……サンライズばかりだ。タイムボカンシリーズはどうした。チェックしなければ。ドラえもん劇場版と……この際特撮《とくさつ》にも手を出すか」

（ちょっと待て）

「……なんだ？」

ナギは天井を見上げた。

「なんか声がしたような……」

（とぼけるな。私だ私。頭の中に、もう一人いることを忘れたか）

自分と同じ声。ドッペルゲンガーであった。

「なんだお前か。今忙しいんだ」

(自分の趣味でソフトを選ぶな。ワタルの店のためだろう)

「三千院《さんぜんいん》グループで、レンタルチェーンを始めるのも悪くない」

(ワタルに恨《うら》まれるだけではすまないぞ。少し休め)

ナギは山の中から、「四人組の宇宙の何でも屋が国家陰謀《いんぼう》を防ぐ話」を持ち出すと、デッキの前に戻った。

中に入れて再生ボタンを押す。劇場映画が始まった。

(SF好きなのか?)

「観たことがなかった」

ナギは床に直接座る。

天井が高いので音がかなり響《ひび》いていた。薄暗い中、テレビの周辺だけがほのかに光っている。

(お前、暗いところは苦手なんじゃないのか)

「アニメがあれば気にならない」

(現金なやつだ)

画面の中では、撃《う》ち合いがはじまっていた。

(放置していていいのか)

「なにがだ」

(ハヤテに決まってるだろう。黙ってここに来てしまったんだぞ)

「心配になったら、連絡くらいしてくる」

ナギは携帯電話を取り出した。液晶《えきしょう》画面を見て顔をしかめる。圏外《けんがい》になっていた。

「……新宿《しんじゅく》で？」

（ジャマーが出てるみたいだな）

「ま……いずれ迎《むか》えに来てくれる」

再びテレビ画面に注目する。見逃した分は巻き戻した。

（ずいぶん信頼しているな）

「あたりまえだ。私とハヤテだぞ」

（しかしハヤテは、ハムスターと一緒《いっしょ》にいたはずだが）

ぐっと言葉に詰まった。そういえばそうだった。アニメソフトの山を前に、すっかり失念していたのだ。

（最近のハムスターは態度に余裕《よゆう》がある。ハヤテも危ないかもしれない）

「余計なことを言うな！　ハヤテは私を裏切ったりはしない！」

（お前がそう思ってるだけかもしれないけどな）

ドッペルゲンガーの声は、冷たいとまでいかなくても起伏《きふく》がなかった。冷静に、物事だけを語っているように感じられる。

ナギはあえて画面に集中する。

「……ハムスターの成長は認める」

（ひまわりの種《たね》を食べていたら大きくなったたって感じか）

「ああ見えても年上だ。だがハヤテの気持ちは変わるわけない」

（しかし成長しているんだ。ハヤテの心が動くことも、ないわけではないだろう）

「ばっ……馬鹿なことを言うな！」

ナギはつい、リモコンの停止ボタンを押してしまう。急いで再生を押し直した。

レジューム機能が働き、停止した箇所《かしょ》からスタートする。

「ハヤテは浮気ものではない！」

（浮気は男の甲斐性《かいしょう》という言葉があって）

「そんなのは二十世紀の習慣だ！　ハヤテは私一筋《ひとすじ》だ！」

（だから誰が決めたのだ）

声はどろどろと、粘《ねば》り気《け》を帯びていた。

（お前は年下すぎる。年上、同年代の方がいいとは思わないか）

「年の差は関係ない！」

（胸もハムスターに分《ぶ》がある）

「あいつはあいつで平らだ！」

（手のひらサイズで好みかも）

「どうしてそう、不安になるようなことばかり言うのだ！」

ドッペルゲンガーの声が止まった。やがて、くすくす笑いがする。

（……ふふ）

「なにがふふだ。愚《ぐ》にもつかないことばかり」

（忠告のつもりだ）

「なんだと？」

（男の心は、それほど移ろいやすいということだ。なにもハヤテの側にいたいのはお前だけではないぞ。ハムスターだけでもない。たとえばヒ……）

「なに？　なんだって？」

その時、倉庫の扉が開いた。

○

「ここですか……」

ハヤテは大型倉庫を見上げた。

新宿《しんじゅく》駅にほど近く、それでいて目立たないところに建てられていた。こんなところに倉庫があるとはさすがに知らず、シスターの案内がなければ絶対にわからないところだった。

「ありがとうございます、シスター。なんでもご存じなんですね」

「え、ええ……」

何故《なぜ》かおどおどしている。緊張しているんだろうと解釈《かいしゃく》した。

「しかしここ……」

ハヤテは倉庫脇にある文字看板を眺めた。

『レンタルビデオとらのあな』の倉庫なんですか？　同人誌ショップだけじゃなくて、そんな事業にも」

「そっちではありません。執事《しつじ》とらのあながなくなったので、私が作ったんです」

「え？　シスターの持ち物だったんですか」

シスターは「あ」と言って口を塞《ふさ》いだ。サキがじろりとにらむ。

ハヤテは気がつかない。

「てっきりとらのあなの次はアニメイトかと……」

「そこまでやると収拾《しゅうしゅう》がつかなくなりますので、専門店ネタはほどほどに……。ここにワタル君の店のビデオが、眠っているはずです」

「だったら助かるな」

ワタルもハヤテと同じように、倉庫を見上げていた。

「どこの誰だかしらねーけど。とんでもねー野郎だ。ビデオ屋にとってソフトが財産《ざいさん》だってことを、思い知らせてやる」

それから彼は、くるりとシスターに向いた。

「ありがとなシスター。助かったよ」

「……いえ」

笑顔を投げかけられて、シスターが赤くなった。

サキがむっとしつつ、

「……若《わか》、どうなさいますか」

「決まってらあ。俺の分は取り返す」

ハヤテが前に進み出た。まだメイド服のままなので、いささか異様である。

「危険かもしれませんから、僕が先に行きます。西沢《にしざわ》さんも下がっていてください」

「うん……」

「開けます」

ハヤテは鍵《かぎ》のチェックをしてかかっていないことを確認。複雑なレバーを何回か動かした。

中学一年生の時に冷凍倉庫《れいとうそうこ》でバイトをしていたので、この手のことは熟知《じゅくち》しているのだ。

鉄製の扉が開け放たれた。

薄暗い内部に光が差し込む。中にいた人間が、ぎょっとしたように振り返った。

ハヤテは駆け込んだ。

「お前が犯人か！　大人しくワタル君のソフトを……って、お嬢様!?」

弾《はじ》かれたように立ち上がったのは、ナギであった。

「なんでこんなところにいるのです!?」

「なんでって、お前……」

「お嬢様が犯人だったのですか!?」

「馬鹿、私がこんなセコイ嫌がらせ……」

ナギがはっとした。目線がハヤテを通り越し、後ろに向けられる。

そこには歩《あゆむ》がいた。

「……ハムスター……」

「西沢さんですか？」

「ハヤテ、お前まだ一緒《いっしょ》に……」

「それは……一緒ですけど……」

ナギが「きっ」とした。

「そうだ、私が犯人だ！」

「えー!!」

仰天《ぎょうてん》するハヤテたち。

「ハヤテの浮気者！　ハムスターとばかりいちゃいちゃしてるなんて！」

「う……浮気ですか？」

「浮気者には流通を止めるのが一番なんだ!」

「お、お嬢様。それはワタル君のソフトで……」

「うるさいうるさい! ハヤテだけじゃなくてワタルも同罪だ! 伊澄《いすみ》伊澄言ってるからこうなるんだ!」

ワタルが泡《あわ》を吹きそうになった。

「なんだよおい、伊澄は関係ねーだろ!」

「ワタルだってサキさんやシスターに囲まれて……男は本当に!」

ナギはかたくなだった。ソフトの山を前に、特撮《とくさつ》番組の悪役のように立ち塞《ふさ》がっている。これにはドッペルゲンガーとの脳内会話が一役《ひとやく》かっているのだが、無論ハヤテたちは知らない。

ハヤテは兢々《きょうきょう》とした。

「ええっと……僕が悪いんですか」

「いつだってハヤテは、私を悩ませてるんだ!」

「せめてソフトだけはワタル君に……」

「取り返したければ、力ずくで奪っていけ!」

バーン。ナギは小さい身体で、精一杯両腕を広げていた。

ハヤテは困り果てた。力ずくといっても、まさか本気になるわけにはいかない。そもそも主人に手を上げたりしたら、執事《しつじ》失格どころの騒ぎではない。

ナギはえっちらおっちら、ソフトの山を登った。

「お嬢様、危ないですよ!?」

「うるさ……ひゃっ!?」

足を滑らすナギ。ハヤテが素早く近寄って、踏み台代わりになって押し上げた。

「どうぞ」

「す、すまん」

恥ずかしそうに一番上までいくと、あらためて悪役っぽく見得《みえ》を切る。

「ここのソフトは私のものだ！」

「お嬢様、それはワタル君のものです。あと他のチェーン店」

「うるさい！　欲しければ私を倒せと言っただろう！」

「はあ……どういう方法がいいでしょうか。普通に倒すのは、気が引けるので」

「む……」

ナギが唇に指を当てて考える。仕方ないので、ハヤテはじっと待った。

その袖《そで》を、ワタルが引っ張った。

「なあ……さっさとナギを倒した方がいいんじゃねーか？」

ハヤテは困ったように、

「そういうわけにもいきませんよ」

「ウチの商売があがったりなんだけどな」

そう言われ、悩むハヤテ。すると突然、背後で叫び声がした。

「ワタル君のお店の邪魔《じゃま》をするのは、ハヤテ君が許しても、神と私が許しません！」

シスターがナギに向かって怒鳴《どな》っていた。胸元の十字架《じゅうじか》を握《にぎ》りしめ、というか振り回している。

ナギが驚いたように、

「なっ……これはそもそもお前が……！」

「お黙りなさい。これも神のお導《みちび》き、私がワタル君のソフトを取り戻します！」

ハヤテがなだめるように言う。

「シスター、無理しないでいいですから。僕がお嬢様を説得します」

「いいえ、ここは私に。これでソフトを取り戻せば……」

「あー……」

ハヤテはうさんくさそうな視線を投げかけた。

「シスターは、ご自分が活躍すればワタル君にいい顔ができて距離が縮まって禁断《きんだん》の愛がはじまるとか考えてないですよね？」

「なっなっなにを言い出すのですか!?　私は聖職者《せいしょくしゃ》です！」

「麻雀《マージャン》をやる聖職者……」

「お黙りなさい！」

シスターがぴしゃりと言い放つ。

「前にも言ったとおり、私の手にかかれば、ココロのスキマもレンタルソフトの棚《たな》も色々埋まるのです。わかりましたね」

「は……」

シスターはナギに向き直った。

「というわけで覚悟してください。勝負です」

「勝手なことを言うな！　ハムスターと勝負したばっかりなんだ。何度もできるか」

「いや、ナギ。勝負を受けてもらう」

と発言したのは、ワタルであった。

「お前の目的はわからねーが、ソフトがなきゃウチは困るんだ。お前の手から取り返したい。きっと、これもオレのレンタルビデオ経営が不甲斐《ふがい》ないから起こったことなんだ」

「違うと思うが……」

小声で言うナギ。

「ちゃんと勝負して、勝敗がつけば、恨《うら》みっこなしだ。ナギが流通を止めたことも水に流す。勝負してくれ」

「私が止めたんじゃないんだ」とナギは文句を言ったが、ふと思い立ち、あらためて宣言した。

「いいだろうワタル。その代わり、私が勝ったらハヤテと二人だけでデートさせてもらうぞ。ハムスター抜きで！」

「いいぜ」

驚倒《きょうとう》したのはハヤテと、なにより歩《あゆむ》だった。

「なんですかお嬢様！」

「ナギちゃん、どういうことなのかな!?」

「うるさい！　せめてこれくらいしないと、私にメリットがないだろうが！」

言われてみればその通りだと、誰もが思った。

ナギは続ける。

「そもそもお前たちに付き合って、こんなことをしてるんだからな。わかってるのか!?」

「お嬢様、それにしてはノリノリ……」

「いいだろ！」

ハヤテと歩は呆《あき》れ半分だったが、ワタルは真剣だった。

「話は決まったな。借金執事《しつじ》、そういうわけだ」

「なんだかとても理不尽《りふじん》な気がします」

「ナギがこうしねーと納得しねーんだから、しょうがねえだろ」

ワタルとしては、とにかくソフトの流通を再開させなければならないのであった。

「じゃあ私がさっそく、神の恩寵《おんちょう》の元、三千院《さんぜんいん》ちゃんを倒して……」

シスターが気勢を上げる。だが、それまで後ろに控えていたメイドが、静かに言った。

「若《わか》……ここは私に」

「サキ!?　お前、なんで!?」

「メイドとして若の苦境を、見過ごすわけにはいきません。私の方が年上なんですよ。任せてください」

「サキ……」

彼女はちらりと振り向き、

「それに、なんだかどこかの誰かが、余計な陰謀《いんぼう》を企《たくら》んだような気もしましたから」

「……」

シスターはふんとそっぽを向いた。

ナギは腕組みをし、不敵に笑う。

「いいだろう。ではサキ、勝負の内容だ」

「ナギお嬢様、だんだん悪役が板についてきましたね」

「うるさいな。勝負の内容はこうする。ここに膨大《ぼうだい》なソフトが山になっている」

彼女は手でＶＨＳビデオとＤＶＤを示した。

「制限時間二十分。ここからアニメを抜き出し、きちんとシリーズ順に並べた方を勝ちとする！」

なにー！　と驚いたのはワタルの方。

要するに整理整頓《せいとん》を素早くおこなえばいい。レンタルビデオ店の店員というより、人として基本的な技能だ。

だがサキは、有能そうな見かけに反して、ドジっ娘《こ》メイドである。ネタとしては面白いが、実際にしくじられるとかなりキツい。一のものを片付ける間に十のものを散らかす。へたをすると二十は失敗していた。

ナギも基本的に家事は下手《へた》であり、「整頓」という言葉に新たな意味を付け加えるほどいい加減である。だがこの勝負はアニメ。ことアニメソフトになれば、ナギは信じられない集中力と記憶力を発揮《はっき》する。あきらかなアドバンテージがあった。

ワタルが慌《あわ》てた。

「おいナギ、こりゃなしだろう！」

「駄目《だめ》だ。アニメソフト整理整頓で決着をつける」

「どうしてもってんなら、俺が……」

「若《わか》、お任せください」

サキがワタルを制する。

「橘《たちばな》の家に仕えるメイドとして、恥《は》じない戦いをいたします。どうか見ていてください」

「……わかった……」

見ているとどうなってしまうのだろう。

ナギは相変わらず、ソフトの山の上で睥睨《へいげい》していた。近づいてくるサキを見つめている。

「いくぞ、ドジっ娘メイド」

「はい、ナギお嬢様」

カーン。どこからともなくゴングが鳴り、勝負は開始された。

ナギが山から飛び降りた。一直線に奥へと向かう。どこになにがあるのか、全てわかっているような足取りだ。ずっと倉庫にいたので、目星をつけていたのだろう。

一方サキは、あちこちうろうろしつつ、ようやく手近なところから手をつけはじめた。

「サキ……」

不安そうな、というか不安なワタル。

ナギは片端《かたはし》からアニメビデオを発掘《はっくつ》していった。

「おおっ、これはミンキーモモのビデオ全話！」

ワタルが驚愕《きょうがく》する。ＣＳ放送の発達のため、商品としては滅多《めった》にお目にかかれない代物《しろもの》であった。

「こんなところに……てか、俺も持ってねーや」

しかも一つの抜けもない。完璧《かんぺき》だった。

さらにナギは、次から次へとアニメを見つけ出した。ガッチャマンにタイムボカンシリーズ

（イタダキマンまで）といったタツノコ作品。海のトリトンやザンボット3などの改名前の富《とみ》野《の》作品。何故《なぜ》かZガンダムのLDなど、「これレンタルビデオじゃなくて、個人所蔵《しょぞう》じゃねーの？」と言いたくなるものが大量にあった。

しかも彼女は、全てをシリーズ順にきちんと並べ、スチールの棚《たな》に収めている。ずらり揃《そろ》ったアニメビデオ群は、爽快《そうかい》の一言だった。

「さすがお嬢様……」

ハヤテは「この才能が掃除洗濯《そうじせんたく》にも活《い》かせられれば」と思わずにいられない。

問題はサキだった。

いったん探しはじめた彼女も、スピードは速い。ビデオの山を手早く選《よ》り分ける。だがまったくアニメを見つけていなかった。アニメソフトがあるはずなのに、取り出すのは特撮《とくさつ》、海外のインチキビデオばかり。宇宙猿人《うちゅうえんじん》ゴリのような比較《ひかく》的メジャーなものから、タンサー5のように「これは特撮とアニメ、どっちのジャンルなんだ」と首をかしげる作品まで、狙ってやってるのかと思うものばかり出してくる。おまけに、悪魔の毒々《どくどく》おばあちゃん、レイダース・失われたゾンビのような、好事家《こうずか》が見れば涙を流すビデオも掘り当てていた。

「これは……ある種の才能では……」

「ああ……悪魔の毒々おばあちゃんは、ウチにも置きたい。だけど意味ないぜ」

ハヤテの言葉に、ワタルが答えた。

そう。これはあくまでアニメの勝負だった。圧倒的にナギのペースは早い。このままだと、誰の目にも勝敗は明らかだ。しかもサキの周囲には、役に立たないビデオばかりが、うずたかく積まれているのだ。

ナギの眼前にあるスチール棚《だな》には、きっちりとアニメがしまわれつつある。もはや勝負にならない。

「サキ……！」

ワタルが声をかけようとした時。

ぎし……。

「ん？」

ハヤテはきょろきょろした。

どこからかきしみが聞こえてきた。まるで安普請《やすぶしん》の家に台風が直撃したときのような、あるいはジェンガのごとく積まれた木材が倒壊《とうかい》する寸前のような音。

「これって……わーっ!!」

なんと、サキの背後にある屑《くず》ビデオの山が、崩《くず》れかかっているのだ。スピードだけは早い彼女が片端《かたはし》から積んでいったため、バベルの塔《とう》のように高い。それが倉庫に寄りかかっており、壁がきしみをあげていたのだ。

「ワ……ワタル君、ビデオって重かったっけ」

「そりゃお前、あれだけの数が集まれば……」

ぎしぎしぎし。壁が悲鳴をあげた。資材を安くあげたのか、いとも簡単に崩壊《ほうかい》しかかっていた。

「お嬢様お嬢様！　やめてください！　ここ、崩《くず》れそうです！」

「黙れ！　もうすぐ私の勝利だ！」

ナギは振り向きもしない。ワタルもあたふたしている。

「サキ、このままじゃ危ねーぞ！」

「メイドは全てのことに全力を尽《つ》くせと教えてくれたのは、若《わか》です！」

「いや、教えてねーから！」

ぎしぎしぎしぎし。倒壊《とうかい》間近。天井から埃《ほこり》が落ちてくる。

「やばい、避難《ひなん》を……！」

さすがにたじろぐワタル。ハヤテは皆を落ち着かせようと、冷静に言った。

「いえ……まだもつみたいです」

「本当かよ!?」

「ええ。一気にソフトの山が崩れなければ、倉庫は大丈夫《だいじょうぶ》です。一応、西沢《にしざわ》さんとシスターは外に出ていてください。僕たちはここで見守ってないと、お嬢様が怒ると思うので」

彼は腕時計に目をやった。開始から十八分。そろそろ終わる。

「これなら大丈夫です」

「そうだな」

「あの山からソフトを抜いて崩したりしない限り、無事に終わります」

「……そうだな」

そしてドジっ娘《こ》メイドパワーは、こういう時に限って発揮《はっき》される。

サキは崩れそうな山の、よりによって一番下から抜いた。

ぐらりと、山が大きく揺れる。

「あ……」

ハヤテ他、皆が口を開けて眺める中。

「あああー！」

レンタルソフトは壁にぶつかり、大崩壊を引き起こした。

「どわわわわー!!」

外側に向けて壊れていく倉庫。ソフトと鉄骨は埃を巻き上げ、周囲は真っ白になってなにも見えなくなった。

「あーあ……」

ワタルが頭をかいた。

目の前には倒壊《とうかい》した倉庫と、その下敷《したじ》きになったビデオソフト群があった。全てが壊《こわ》れてしまったわけではないだろうが、かなりの数が使い物にならない。大損害《だいそんがい》だった。

サキとナギは連れ出されている。寸前でハヤテが、執事《しつじ》パワーで助け出したのだった。

「ちぇ……おいサキ、怪我《けが》はないか？」

「はい……若《わか》は？」

「俺は平気だよ」

「申し訳ありません……。私のせいでこんなことに」

「ま、しょーがねーよ。こうなることはわかっていたからさ」

彼は安心させようと、手を振った。

「店が潰《つぶ》れたわけじゃねーんだ。いくらでもやり直せらあ」

「若……」

「見てろって。今にもっとでかくしてやるから……」

「はい……」

気合いを入れるワタルと、頼もしそうに見守るサキ。二人の間には、信頼感があった。

「あー!!」

いきなり悲鳴がする。シスターが、地面に座り込んでいた。

「私の『レンタルビデオとらのあな』が……。せっかく倉庫まで用意したのに」

PLADE 4

「え、これってシスターの持ち物だったのか!?」

とワタル。彼女ではなく、ナギがうなずいた。

「そうだ。シスターが仕組んだことだ」

ハヤテの主人は、「ひどい目にあった」という顔をしていた。

「シスターが流通を止めて、勝負まで仕掛けたんだ。あれはあれで楽しかったが……巻き込まれたのはこっちだぞ」

「なんでそんなことを」

ワタルがそっと近づく。シスターは眼鏡《めがね》の奥で、涙を浮かべていた。

「だって、そうすれば……」

「そうすれば?」

「……ワタル君が私に……」

「ビデオを貸すからか」

「……は?」

涙が止まり、きょとんとするシスター。

ワタルは憮然《ぶぜん》としていた。

「ビデオが見たいなら、そう言えよ。前に選んでやっただろ。こんな流通を止めるなんてことをしなくても、俺がちゃんと見せっから。独り占《ひとじ》めなんてことはよせよ」

立たせようと手を伸ばす。彼は、「シスターがアニメを見たいがために、こんなことをした」と思っているのだった。

シスターはワタルの手を摑《つか》んだ。

「えと……許してくれるの」

「あたりめーだ。その代わり、ちゃんと俺の店からビデオを借りるんだぞ」

「……うん」

シスターは、にこりとうなずいた。

「……なんだこれは」

ナギは呆《あき》れていた。馬鹿馬鹿しそうに、腰に手を当てる。

「見ろハヤテ、こんな騒ぎを起こしておいて、シスターが幸せそうな顔をしてるぞ」

「サキさんはイライラしてるみたいですね」

「ワタルのやつはどっちにも気づいていない。鈍いにもほどがある」

「男の子なんて、そんなもんですよ」

鈍さでは定評のある執事《しつじ》が、人ごとのように答えた。

歩《あゆむ》が訊《き》いた。

「どうするのハヤテ君、このまま帰る？」

「いやあ、後片付《あとかたづ》けもなしっていうのは……」

「清掃会社を雇《やと》う。私たちは食事でも……おい、ハムスター！」

ナギの台詞《せりふ》が叫びに変わった。

「ほえ？　なにかな？」

「なんでハヤテに寄り添っているのだ！」

歩はぴったりとハヤテにくっついていた。二人の間はカミソリ一枚入らない、は言いすぎだが、かなり狭い間隔《かんかく》だった。

「離れろ！　ハヤテは私のだ！」

「でもナギちゃん、勝負はうやむやになったままだから」

「ハヤテはつま先から毛の先まで私が買ったんだ！」

「人身売買《じんしんばいばい》の禁止は、国連でも言われてることだよ」

「うるさーい！　ハヤテも離れろ！」

借金執事は頰《ほお》をこりこり引っ搔《か》き、

「まあ、それほど目くじらを立てなくても……」

「なにを言うんだ！」

「ほら、ナギちゃん」

「うるさい、うるさーい！　離れろー!!」

ナギの絶叫は、誰よりも大きく新宿《しんじゅく》に響いていた。

第四話　非《ナル》ヒナギクの世界

あまり思い出したくないし、人に話したことはないのだが、ヒナギクは一時似たような夢ばかりを見ていた。

夢の中では必ず同じ男の子が出てきて、自分に迫ってきており、最後に唇を近づける。大抵《たいてい》そのあたりで目は覚めるのだが、おかげで心臓《しんぞう》はどきどきするわ寝汗《ねあせ》はかくわと、大変だった。「ヒナ祭り祭り」のついでに自分の誕生日を祝ってもらってからは、そんな夢も見なくなった。いいことなのか悪いことなのか、ちょっとわからないが、寝汗をかかなくなったのはありがたい。本当はあの大がかりなパーティーではなく、その後に生徒会室で起こったあるできごとがきっかけなのだが、こればかりは口が裂《さ》けても言うわけにはいかなかった。

彼女の評判は、世間《せけん》的には真面目《まじめ》な生徒会長である。この「真面目」はもっぱら学業と生徒会の仕事に集中している。学生として優秀であり、事務処理能力とリーダーシップに長《た》けている人間は、そもそも真面目でなければ成り立たない。またヒナギク自身もそんなところを理解しており、だからこそ一年生でありながら、白皇《はくおう》学院生徒会長の座に就《つ》いているのであった。

では私生活はどうなのかというと、これがよくわからない。

ヒナギクとしては、私生活でも勉強に専念《せんねん》しているつもりだった。学校以外でも五、六時間の勉強は欠かさない。以前歩《あゆむ》に説明したときは驚かれたが、ごく当然のことなので彼女が逆に疑問を感じたくらいだ。他の学生というのは、この程度の苦労を惜しむのだろうか。

ところが勉強以外になると、途端に趣味がなくなる。部活動では剣道部に所属しているが、年がら年中竹刀《しない》を振ってるわけでもない。姉のように酒とゲームに溺《おぼ》れるのもどうかと思うが、ときどき羨《うらや》ましく思う。

では女子高校生が一番熱心になること。恋愛はどうか。

こっちはまったくもって疎《うと》い。というかまるで経験がない。何度か女の子から恋愛相談を受けたことがあるが、全て適当にごまかしていた。これが自動車の運転なら、若葉マークどころか無免許だ。日本の法律に、恋愛免許なるものがなくて本当によかったと思う。

もっともこのあたり、一般の生徒には知られていない。彼ら彼女らはヒナギクを「完全無欠のスーパー生徒会長」だと思っており、恋愛に関しても非常に「固い」と信じている。「ヒナギクと付き合うのは、よほど優れていなけりゃ無理」との言葉が、定説として流布《るふ》されているのだ。

彼女はそれでもよかった。恋愛自体に興味がなく、特に困りはしなかったからだ。だが今となっては、それらが全てマイナス要素となり、足を力一杯引っ張っていた。ハヤテ相手に恋心を抱いてからは、それらを痛切に実感することになった。

ヒナギクは一人、外を歩いていた。

今日も学校で、生徒会の仕事を終わらせてきたのである。年度末のせいか妙《みょう》にやることが多い。案件《あんけん》が出てくるということは誰かが生み出しているのだが、その誰かが混沌《こんとん》としていて不明だった。大規模《だいきぼ》な組織でありがちな現象であり、この点普仏戦争《ふふつせんそう》後のドイツ参謀《さんぼう》本部も白《はく》皇《おう》学院生徒会も変わるところがない。

彼女は肩に手をやった。書類仕事ばかりのせいか、なにやら肩が凝《こ》る。まだ若いのにみっともない。

「あら……」

誰かが声をかけてきたので、彼女は慌《あわ》てて肩を揉《も》むのをやめた。

「ヒナギクさんじゃないですか」

「マリアさん」

三千院《さんぜんいん》家のメイド、マリアは軽く頭を下げていた。

「先日はお世話になりました」

「いえ、こちらこそ」

数日前の偽《にせ》ナギ騒動のことである。その前は伊豆下田《いずしもだ》への車中でも一緒になっている。なんだか縁があった。

マリアは買い物かごを下げていた。

「お買い物ですか？」

「ええ。魚をちょっと。海のものは、やはりちゃんと仕入れませんと」

じゃあ川のものは仕入れてないのかというと、これが本当にそうで、三千院家の敷地内《しきち》にある淡水湖で用が済むとのこと。最初に聞いたときは、さすがのヒナギクも声が出なかった。

「ヒナギクさんは……？」

「学校の帰りです」

「ご苦労様です。お仕事、大変でしょう」

「ええ、まあ……。生徒会長というのは、なんだか書類仕事ばかりが溜《た》まって」

「それでもよくなったんですよ。オンライン化とデータベースの普及《ふきゅう》が、効率を改善したんです。以前はなにもかもが手作業で、初等部、中等部、高等部の書式が、全部違うなんてことがありましたから」

「よく……ご存じですね」

「はい」

マリアは微笑《ほほえ》んでいた。

二人は並んで歩き出した。女子高生とメイドというのは、ちょっと変わった組み合わせである。

「マリアさんのところ……三千院家はこれから夕食ですか」

「そうですね、そろそろ支度《したく》をしませんと。ちょっと用事がたまってしまって、片付けるのに手間がかかったんです」

「は……」

「白皇《はくおう》の生徒さんの中で、ナギとハヤテ君の動画をYou Tobeにアップした人がいたんです。削除申請《さくじょしんせい》と犯人捜《はんにんさが》しが大変でした」

「それは……すみません」

ヒナギクは顔を赤くして頭を下げる。誰がやったのか、訊《き》かなくてもわかった。今度会ったら説教しないと。

「ナギは出かけてます。そろそろ帰ってきますけど」

「それじゃ……その……」

「ハヤテ君も一緒《いっしょ》です。デートですね」

「えっ!?」

極力《きょくりょく》平静を装って訊こうとしたのに、先回りされてしまって、つい声が漏《も》れた。

マリアは笑っていた。

「ごめんなさい。言わない方がよかったかしら」

「よ、余計なことです」

「そうですね。デートなんて、余計なことを言っちゃいましたね」

「マリアさん！」

照れ隠しに大声を出す。マリアは遮《さえぎ》るように、

「心配しないで。ただの外出ですから」

「し……心配なんかしてません。それにハヤテ君のことじゃなくて、ナギのことが知りたかったんです」

「それじゃ、もういいですね」

「ええ……」

「西沢《にしざわ》さんも一緒にいることも、言わなくて大丈夫《だいじょうぶ》ですね」

「ええ……えっ……！」

これも不意打ちで、やはり声が出てしまった。

マリアはまた笑った。

「ヒナギクさんは、色々と顔に出てしまうタイプなんですね」

「からかわないでください！」

ヒナギクよりもマリアは年上だが、二歳しか違わない。どちらも十代で社会から見れば似たようなものだが、今のヒナギクにはかなり年齢《ねんれい》が上だと感じられた。

「すみません。もうこんなことはしません」

「お願いします……歩《あゆむ》も一緒なんですか」

男一人に女二人なら、たとえデートでもそれほど深刻《しんこく》なことにならないだろう。なにをもって深刻と言うのかが問題だが。

「そうですよ。最近、ハヤテ君と仲がいいみたいですね」

「元クラスメートですから……」

「でも西沢《にしざわ》さんの態度には、ちょっと余裕《よゆう》がありますね。なんだか自分のやるべきことを自覚したみたい」

それはヒナギクも感じていた。

ヒナギクは歩《あゆむ》と仲がいい。少なくとも、彼女は友達のつもりでいた。バレンタインデーにチョコレートをもらったり、一緒《いっしょ》になって子猫を拾ったりする関係なのだ。高校こそ違うが、ある種のシンパシーを感じていた。

歩とは伊豆《いず》旅行の途中でも出会った。彼女はなんと自転車で下田《しもだ》まで行こうとしていた。あのエネルギーは凄《すご》いと思う。する必要があるかどうかはともかく、ちょっと真似《まね》ができない。

あのとき歩は、ハヤテと二人乗りをした。

法律違反だと言うつもりはない。自分もそうしろと言ったのだから。ナギと一緒になって、二人だけにするようにした。

そのこと自体が間違っているとは思わない。歩にはそうするだけの権利があるのだから。だが下田に到着して、一緒に温泉に入ると、歩は明らかに「成長して」いた。

身体のことではない。そんな短期間で成長されては自分の立場がない。精神的なものだ。心が広くなったというか、ヒエラルキーが上昇したというか。マリアの言うとおり、態度に余裕《よゆう》がある。ナギの好きなゲーム用語を使えば「レベルアップした」だ。

なにがあったのか、とても気になる。

自分にはわからない、なんらかの経験をしたのだろう。ハヤテと二人だけの経験。

変なことがあったとは思わない。ましてや、いやらしいことだとも。

多分些細《ささい》なことだ。それでいて、歩の心を一つ上の階層《かいそう》にあげるくらいのなにかがあったのだ。

羨《うらや》ましさを感じる。彼女に比べ、自分はなにをしたんだろう。

「……ヒナギクさん？」

「えっ……はい!?」

気づくと、マリアが顔を覗《のぞ》き込んでいた。

「どうしたんですか。立ち止まって」

「あ……」

言われた通りだった。いつの間にか歩くのを止め、ずっと考えていたのだ。

また赤面する。

「すみません……ちょっと考えごとを……」

「あら。完全無欠《かんぜんむけつ》の生徒会長さんでも、そういうことがあるのですね」

「変なこと言わないでください。……完全無欠？」

「ナギがよく言ってますよ。『ヒナギクは完璧《かんぺき》な高校生だ』って」

「そんな……」

「ハヤテ君も言ってました」

お世辞《せいじ》にしてはストレートすぎた。

完璧《かんぺき》ってなんだろう。勉強ができることだろうか。スポーツができることだろうか。多分両方だろう。とりあえず学生の中では、この二つに秀《ひい》でていれば尊敬はされる。

かっこいいと言われたこともある。美希《みき》が特にそう言う。あの娘が言うとなにやら裏があるようにも感じられるが、「本当だ」と念押《ねんお》しまでしていた。

もちろん自覚はしていない。そもそも女なのに、かっこいいと言われて喜ぶのはどうかと思う。だけど歩《あゆむ》にも同じことを告げられたのだ。

「……マリアさん」

「はい？」

「私のこと……どう思います？」

「どうって……」

「その……忌憚《きたん》なき意見を……」

「そうですね」

彼女は人差し指を頬に当てていた。

「かっこいい方だと思いますよ」

「そう……ですか」

なんだかみんな同じことを言う。口裏《くちうら》を合わせているのではなかろうか。

マリアは付け加えた。

「本心です」

「……」

彼女に聞いたのが間違いだった、というわけでもないのだろう。このメイドさんの顔に邪気《じゃき》はない。

それにしても同じ評価ばかりだ。もう少し別の回答があってもよさそうなものなのに。可愛《かわい》らしいとかおしとやかだとか。そういえば「実質中身は男の子」なんてひどい意見もあった。

それよりも、他者と自分の感覚がずれているのが問題だ。常にかっこよくあれと言ってきたのはやっぱり美希《みき》だが、どうにも自分をそこまで評価できなくなってきたのだ。

「はあ……」

歩きながらため息をついたりする。生徒会長のするようなことではない。

マリアがじっと見つめていた。

「……ヒナギクさん、お時間ありますか?」

「え?」

「もしよければ、どこかでお茶しません?」

意外な申し出である。道草《みちくさ》食っていいのだろうか。

「マリアさん、お買い物の帰りじゃ」

「少しくらい大丈夫《だいじょうぶ》です。あそこを曲がると、おいしいコーヒーを出す店がありますから」

ごちそうします、と彼女は言っていた。

ヒナギクは少し考えて承知《しょうち》した。今の彼女には、ちょっとした気分転換が必要だった。


二人が入店した喫茶店《きっさてん》は和風で、座席こそ椅子《いす》だが内装も食器も和物で統一されていた。ウエイトレスは和をモチーフにした洋装であり、これはヒナギクも「可愛《かわい》らしい」と感じていた。

窓際の席に案内された。砂糖の入ったポットは瀬戸物《せともの》。小さな花瓶《かびん》に花が一輪だけ生けてあった。

「ヒナギク……」

その台詞《せりふ》にマリアがきょとんとし、ついで微笑《ほほえ》んだ。

「あら、このお花、雛菊《ひなぎく》ですね。そういえば、今がちょうど開花の時期です」

偶然って面白《おもしろ》いですね、と眼前のメイドは言った。

確かに面白い。なんだかロマンチックでもある。自分の姉だったら、花なんかには目もくれず、アルコールがあるかどうか確認するだろうけど。

注文を取りに来たので、ヒナギクはブレンドコーヒーを頼んだ。マリアはブルーマウンテン。

しばらく二人は無言で過ごした。

ウェイトレスが注文の品を運んでくる。有田焼《ありたやき》のティーカップに入れられている。なかなか洒落《しゃれ》ていた。

コーヒーに目を落とす。自分の顔が、うっすらと映っていた。

「マリアさん……」

「なんでしょう？」

「どうしてこの店に？」

「このお店は、前に見つけました。お誘いしたのは……私もさぼりたかったから」

本当だろうか。さぼるタイプには見えないのだが。

「ヒナギクさん、なにか……」

マリアは続けた。

「悩みごとでもあるんですか？」

「……どうして」

「顔に書いてあります」

彼女は指をさす。ヒナギクはついと視線をずらす。

「……そんなに大層《たいそう》なことじゃありません。かっこよくなんかないってことです」

「謙遜《けんそん》もほどほどにしないと、嫌味だととられますよ」

「謙遜じゃないです。みんな私のこと、かっこいいとか完璧《かんぺき》な生徒会長だなんて言うけど、それほどの人間じゃありません」

前に、自宅の風呂《ふろ》に歩《あゆむ》を入れていたときも、そんなことを思っていたのだ。

恋愛経験に疎《うと》く、迷いを抱えている人間は完璧ではないだろう。右往左往《うおうさおう》している姿もかっこよくない。むしろみっともない。

口にしないことでなんとか威厳《いげん》を保ってきたが、やはりマリアあたりになると、わかってしまうものらしい。

しばらくためらったあと、口を開く。

「私にも人並みに、悩みくらいあります」

「それはよかった」

「はい？」

「それくらいがいいですよ。少しは悩みがある方が、親近感が沸《わ》きます。学校でもそういう姿を見せたらどうです？」

「そ……そんな」

ヒナギクは急いで手を振った。

「生徒会長って、威厳が大事なんです。あまり情けないこと言ってると、降ろされちゃいますから」

「私の記憶では、白皇《はくおう》の生徒会長って、そんなに固く考えなくてもいいものですけどね」

また謎《なぞ》なことを言っていた。

カップにミルクと砂糖を入れる。すっかり忘れたせいで、ぬるくなっていた。

マリアはブラックのまま飲んでいる。

「こうしていると、伊豆《いず》のことを思い出しますね」

「え……」

「電車の中でも、お話ししました」

そうだった。あのときもマリアと向かい合わせで、話をしたのだった。

確か熱海《あたみ》に到着する前。二人は一緒の席だった。そこでヒナギクは、相談事を持ちかけたのだ。

微《かす》かな笑顔を見せるマリア。

「驚きました。いきなり恋愛の相談事をされましたから」

「マリアさんなら、色々教えてくれそうな気がして」

「買いかぶりすぎですよ」

「そうなんですか？」

「あまり大きい声では言えませんけどね。私に相談するのは無謀《むぼう》です」

そうなのだろうか、とヒナギクは思う。それほど年が離れていないらしいが、年上は年上だ。人生経験もそれなりに経ているように感じられる。それに彼女からもらった言葉は、石にでも彫《ほ》っておきたいものだった。

「あれからどうでした？」

とマリア。

「あれから……ですか」

「正しい道は進みました？」

「正しい……」

「電車の中でも相談してきたじゃありませんか」

それからマリアはふと気づき、

「ああ、あれはヒナギクさんの友人のお話でしたね」

なんだか見抜かれているような気がする。ヒナギクはマリアに、「自分の友人の恋愛相談」を持ちかけていたのだった。

もちろん友人ではなく自分のことだ。こういう手は姑息《こそく》だとも思うが、少しくらいは許されるだろう。さすがにストレートに訊《き》くのは恥ずかしかったのだから。

「友達を応援《おうえん》すると言っておきながら、その友人の意中の人を自分も好きになった……ですよね」

「はい……」

マリアの台詞《せりふ》に、彼女はうなずいた。その相談だった。

「正しいと思う道を進めば、おのずと答えは見えてくると、アドバイスしたはずですが……」

「すごくよくわかります。ありがたいアドバイスなんですけど……」

いまいち踏み切れない。

歩《あゆむ》はハヤテが好き。このことはヒナギクもよく承知《しょうち》していた。歩のまっすぐなところ、純粋にハヤテだけを好きなところに彼女は感心した。そして思わず「応援する」と宣言した。嘘《うそ》ではない。応援するつもりだったのだ。歩は自分にないものを持っている。あの真剣で、きらきらしているところ。本当に凄《すご》いと思う。友達になったことを自慢したいくらいだ。

だからこそ悩んだのだ。

桂《かつら》ヒナギクという女子高生が、綾崎《あやさき》ハヤテを好きになったことに。

ハヤテは自分と同じ痛み、傷を抱《かか》えている。あのへらへらした表情を見てると確信が揺《ゆ》らぐが、通じ合うところがある。どちらも両親に捨てられ、それでも生きなければならなかった。

多分、そこが惹《ひ》かれた理由なんだろう。

でもこれは、許されることなのか。

ハヤテのことは歩《あゆむ》だって好きなのだ。順番からいえば、彼女の方が早い。

マリアが少し笑った。

「なんだかマンガみたいな話ですよね」

「マンガ……」

「少女マンガ。私に……私とヒナギクさんにはマンガみたいに見えちゃいますよ。ご本人は相当な葛藤《かっとう》を抱《かか》えているでしょうけど」

相当どころじゃない。苦しい。

ハヤテを好きになったのは仕方がない。それこそマンガみたいな割り切り方だが、そうなんだから、もうどうしようもない。

応援《おうえん》するなんて言っておいて、自分も好きになってしまうなんて、まるで横取りだ。裏切《うらぎ》りと言ってもいい。事実、マリアにはそう言われた。

そのことがなんというか、申し訳ない。

マリアは静かに言う。

「やっぱり辛《つら》いんでしょうね。そういう感情は」

「そうですよ……ええと、相談を持ちかけてきた友人は辛そうでした」

「やはり裏切り行為だから？」

「まあ……」

「裏切りですものね」

「……あの……電車でもそうでしたけど、ストレートはきくので、もう少しマイルドな表現を……」

「でも相手は、裏切りだって思うんでしょうか」

ヒナギクは首をかしげる。マリアは続けて言う。

「そう思い込んでいるのは、お友達だけかもしれませんよ。相手の方は、深刻《しんこく》に考えていないかもしれません」

「裏切ったのは事実なんです。私……じゃない、友人はそのことをずっと悩んでいて……」

「悩みはまだ解消してないと？」

「そうなんです……」

このことで頭が一杯だった。生徒会の仕事をしていれば気は紛《まぎ》れるが、ちょっと休んでいたりすると首をもたげてくる。どうかすると手が止まってしまい、書類を処理する時間がいつもより余計《よけい》にかかっていた。

「どうしたらいいか……」

「道は見つからなかった？」

「そういうわけじゃないんです。友人は、相手の人に全部打ち明けようとしました。同じ男の子を好きになってしまったって。怒られるのは覚悟しました」

「じゃあ……」

「でも、言えなかったんです」

温泉でヒナギクは、歩《あゆむ》に全てを語ろうとした。

しかしかなわなかった。話そうかどうか逡巡《しゅんじゅん》しているうちに、のぼせてしまったのだ。熱めのお湯だったこともあるが、考えすぎて頭が沸騰《ふっとう》してしまったのかもしれない。

突然、歩と再会したから言えなかったというのは、言い訳にすぎない。湯の中では二人きりだったのだから、チャンスはあった。

しかし無理だった。なんということだ。

それにもまして情けないと思うのは、ほっとしてしまったことだ。結局喋《しゃべ》らないまま下田《しもだ》を離れたのだが、後悔よりも安堵《あんど》の気持ちが強い。問題の先送りにすぎないのに、安心感が出てしまった。おかげで、今になってくよくよしている。

「完璧《かんぺき》生徒会長」らしくない。

ヒナギクは大きくため息をついた。

「うまくいかないなあって……」

「……」

マリアは静かにカップに口をつける。

「……私には正しい道を進んでいるように思いますけど？」

「……？」

「全てを話そうとはしたんですよね」

「そうです」

「なら、それが正しい道です。ヒナギクさん……の友人の方がそう信じているのなら、正しい道ですよ。あとは決断の問題」

「決断……」

「いつ話すか。内容は決まっているのですから、あとはタイミングです」

決断か。確かにそうだ。なにをすべきかは決めたのだ。だったら、どうやって話すかによる。

「いつがいいんでしょう……」

「それは私にもわかりませんよ。ですけど、その人にとっていいと思った瞬間が、その時でしょうね」

曖昧《あいまい》な答え。なのに、説得力があった。

正しい道は進んでいるとの言葉は、ヒナギクの心を軽くした。あとは温泉でできなかったことを、するだけなのだろう。

しかしそれでも、まだなにかが引っかかっていた。自分と歩の間にあるなにか。

これはなんだろう。なんでこうも、自分は歩のことにこだわっているんだろう。

ふと、マリアが言う。

「コーヒー、冷めてません？」

「あ……」

ヒナギクは一口飲んだ。さっきまでぬるくなっていたのは、もう冷たかった。

「もう一つ頼《たの》みましょうか？」

「いえ、もう」

冷たくなったホットコーヒーだと思えばいい。あるいは温かくなったアイスコーヒー。

「なんか調子が出ないな……」

ヒナギクは照れ隠しに、笑った。

「すみません、変なお話ばかりして」

「いえいえ。なにかの助けになればよろしいんですけど。ヒナギクさんのお友達に」

言葉の最後に付け加えてくれたのは、マリアなりの気遣《きづか》いだろうか。

「高校生なんですから、これくらいの悩み、持っていて当たり前ですよ」

「お姉ちゃんだったら、こんなに悩んだりしないんでしょうけど」

「桂《かつら》先生ですか？　あの方だって女性なんですから、恋の悩みくらいあるでしょう」

「ないです」

ヒナギクは首を振りつつ言い切った。

「お姉ちゃんの悩みはお金とお酒です。それさえあれば幸せなんですから」

「悪いですよ、自分のお姉さんなのに」

「だっていっつもお金のことばかりなんです。お金が入ったら飲んじゃうし。なくなったら人から借りようとするし。そのくせ返そうとしないし。高校生の妹に借金がある教師って、信じられます？」

あえて姉の話を続けた。雪路《ゆきじ》には悪いが、心のもやがちょっと晴れた。

マリアは苦笑している。こんな話を聞かされたら、笑うしかないだろう。

「白皇《はくおう》の教師をやっていられるのだって、奇跡《きせき》みたいなもんですよ」

「はは……」

「お姉ちゃんって、本当に子供みたい。私たちが人並みの生活ができるようになったのは、お姉ちゃんのおかげなんですけど、反動で子供みたいになっちゃしょうがないのに。もう全然成長しないんだから……」

そこで言葉を止める。

なにかが引っかかった。自分の台詞《せりふ》の中に、気になる単語があったのだ。自分の心の動きを示すなにか。

マリアが訝《いぶか》しんだ。すると、

「ヒナえもーん！」

大声と共に何者かが喫茶店《きっさてん》に乱入してきた。

「あー、ここにいた！」

雪路《ゆきじ》だった。妹を発見して大げさに安堵《あんど》している。ついでにマリアも見つけて、挨拶《あいさつ》代わりに手を振っている。

「探したわよ」

ヒナギクは先ほどまでとは違った意味で、大きくため息をついた。

「まったく……またお金？」

「貸してくれるの？」

「貸さないわよ。どうせお酒が切れたとかなんでしょ」

「車だってガソリンがなくなったら動かなくなるんだから、私も同じなの」

「お姉ちゃんは自動車じゃないでしょう！　なにか飲みたかったら、ジュースでも飲みなさい！」

「喫茶店で大声出さないでよ」

「誰のせいだと思ってるの！」

とはいえその通りではあるので、これ以上咎《とが》めるのは控《ひか》えた。

「借金の申し込みなら断るからね。ちゃんと働いて、貯金《ちょきん》しなさい」

雪路は服の懐《ふところ》を押さえたまま、きょとんとしている。

「借金の話じゃないけど？」

ヒナギクは戸惑った。

「……だって、貸してくれるのかって……」

「ヒナがお金の話をするから訊《き》いただけ。本当はこっちの子が」

雪路は店の外に向けて手招きをする。

「あんたを探してたから」

ヒナギクと同年齢《どうねんれい》の少女がやってきて、軽く頭を下げた。

「こんにちは、ヒナさん」

「西沢《にしざわ》さん……」

歩《あゆむ》は人差し指で、ヒナギクの唇を押さえる仕草。

「歩って呼んでくれるんじゃなかったのかな?」

そしてにこりとする。

くらりときた。温泉でもくらくらしたが、今度もまた格別だ。自分とは決定的になにかが違うと思わされる。原因はまだわからない。

「西……歩はなんでここに?」

「ナギちゃんの家に行くつもりだったんですけど、こっちのお姉さんに会って」

雪路は勝手にマリアの向かいに座り、「ビールビール」と連呼《れんこ》していた。

ヒナギクと歩《あゆむ》は店内の離れたところに移動する。

「ナギの家ならすぐ近くじゃない」

「ええ、まあ」

「ハヤテ君じゃないの？」

「ナギちゃんなんです。その……謝《あやま》ろうかと思ってて」

「謝る……なにかしたの？　大事なことなら、私も一緒《いっしょ》に」

「あ、そこまで大変なことじゃなくて」

歩は手をばたばたさせた。

「昨日、ハヤテ君を引っ張り回しちゃったんです。そのことで謝ったほうがいいかなって」

「ハヤテ君を……？」

「レンタルビデオ店でちょっと事件があったんですけど、そのあとにハヤテ君と遊んじゃって……ナギちゃんに悪いことしちゃったから」

「ナギはいなかったの？」

「いたんだけど、私とハヤテ君ばっかり喋《しゃべ》ってた」

屈託《くったく》なく話している。悪いと思っていても、深刻《しんこく》な悩みになってなさそう。

ヒナギクは恐る恐る訊《き》いた。

「……それだけのために、ナギのところへ？」

「うん」

「でも、せっかくハヤテ君と遊べたんでしょう。なら、いいんじゃない」

「だってハヤテ君はナギちゃんの執事《しつじ》だから、私が独占《どくせん》できないじゃないですか」

「それで……いいの？」

「よくないですけど、私、ハヤテ君から色んなものをもらったから。今はそれで十分。ナギちゃんにもお裾《すそ》分《わ》けしないと」

なんて余裕《よゆう》のある。ハヤテを巡《めぐ》るライバル同士だというのに。

歩は若干《じやつかん》照れたようになった。

「私もここまではどうかなって考えたんですけど、年上なんだから、ナギちゃんへのフォローはしなきゃ駄目《だめ》だったって思って」

「あなた……大人ね」

心底感心するヒナギク。

「ほえ？」

「なんだか凄《すご》い。やきいも屋さんを追いかけていたころと違う。成長して、私とは全然……」

不意に心に雷《かみなり》が落ちた。

ようやく気がついた。これだ。成長なんだ。ずっと引っかかっていたのはこれだった。

歩は成長していた。それだけじゃない、自分は成長していない。西沢《にしざわ》歩は先に行っているのに、桂《かつら》ヒナギクは元の位置。だから悩んでいたのだ。

二人で温泉に入っているとき、明らかに歩《あゆむ》は変わっていた。自分よりも一段階成長していた。

だから焦《あせ》っていたのだ。焦って、なにも伝えられなかった。

結局は自分自身のことだ。確かに「自分の中に答えは」あった。

「ねえ……歩」

「なんです？」

「温泉で私、あなたになにか言おうとしたでしょう。あのことだけど……」

「あ、それはまだ、いいんじゃないかな」

「いい……の？」

「だってヒナさん、まだ話すかどうか、迷ってるんでしょう」

「よくわかるわね」

「んー、なんとなく。迷いが無くなったら、言ってください。その方が楽ですよね。待ちますから」

「あ……でも、思わせぶりになっちゃって」

「いいですって。ハヤテ君のことだって、私は待てるんだから。ヒナさんのことも待ちます」

そしてあの笑顔を見せた。

「友達なんだから、なんてことない」

そうか、友達だもんね。

「……はっ」

ヒナギクは右手で目のあたりを覆《おお》った。自然に、笑い声がこぼれてきた。

「ははは、ははははっ」

「ど、どうしたのかな、ヒナさん」

「なんでもない。歩《あゆむ》を笑ってるわけじゃないから」

ヒナギクは差を自覚した。歩との間にある差を。これを認識して、自分の立ち位置がきちんとわかったとき、自然と笑みが漏《も》れたのだった。

自分は歩よりも格下だ。ハヤテのことでも、かなり後《おく》れを取っている。

だけどそれがなんだと言うんだろう。歩と同じように、自分だって待ってるんだ。焦《あせ》る必要はどこにもない。これからも悩むだろうし、うじうじもするだろう。だけど時が来れば、きちんと話すことになる。歩にも、そしてハヤテにも。

間違いない。今進んでいる道は正しい道なんだ。

「まいったわ……。歩、あなたって本当に大人ね」

「ほえほえ?」

「私なんかよりずっと」

褒《ほ》められていると知って、歩が瞬時《しゅんじ》に赤面《せきめん》する。

「そ、そんなことないんじゃないかな」

「あは、ごめんなさい。待ってもらうかもしれないけど、いずれきちんと話すわ。友達だもんね」

「そうです。友達ですよ」

歩はその言葉に、にこにこした。

ヒナギクは、全身から余計な緊張《きんちょう》と悩みが抜けていくのを感じていた。心の重みは、かなり解消されていた。

「ナギのところに行くんだったわね」

「そです」

「やっぱり私も行くわ。なんかもう少し、歩と一緒《いっしょ》にいたい気分」

「あ、でも」

「あら、いけない？」

「いえ、そうじゃなくて、ヒナさんのお姉さんが……」

「ヒナえもーん！」

テーブル席で雪路《ゆきじ》が騒いでいた。ヒナギクは急いで戻る。

「大声出さないでよ。あと、ヒナえもん言うな」

「ひどいよヒナえもん。三千院《さんぜんいん》家のメイドさんが、お金を貸してくれないの」

テーブルにはビール瓶《びん》が数本並んでいる。これの払いを頼《たの》もうとしたらしい。

マリアはただ笑顔を作っているだけ。サイフを開く気がないのは、一目瞭然《いちもくりょうぜん》だった。

ヒナギクは呆《あき》れた。

「当たり前でしょ、普通は他人にぽんぽん貸さないの」

「うう……金持ちは貧乏人に施《ほどこ》しをするのが当然なのに……」

「ここは私が払うわよ」

瞬時に、雪路《ゆきじ》の顔面に光が差す。

「ホント!?　さすが優秀な妹」

「マリアさんに迷惑かけられないじゃない。貸すだけだからね」

「じゃあこれ、担保《たんぽ》にして」

雪路は、さっきから押さえている懐《ふところ》から、なにかを取り出した。

黒くて、額《ひたい》のところだけが白っぽい子猫《こねこ》。

「これ、歩《あゆむ》と助けた……！」

「いやあ、そこで拾ったんだけど、いざとなったら三味線屋《しゃみせんや》に売ろうかなって」

雪路はけらけら笑っている。マリアがのぞき込み、「まあ、シラヌイ」と言っていた。

「……」

ヒナギクは身体を震《ふる》わせた。

「やっぱりお姉ちゃんにお金貸さない」

「ええー！　なんで、なんで!?」

「子猫を売り飛ばす人なんかに貸すお金はないから！」

「やだー！　ここから出られないじゃない！」

「皿洗いでもなんでもすれば！」

「一緒《いっしょ》にして」

「しないわよ！」

ヒナギクは叫んだ。雪路は大あわてだ。

歩は困ったように、それでも羨《うらや》ましそうに、彼女たちを眺めていた。

第五話　お嬢様救出計画

東京都練馬《ねりま》区、三千院《さんぜんいん》家の屋敷《やしき》。

三千院家の敷地は広い。しかも緑が豊かだ。戦前から生えてる樹木も多く、植生《しょくせい》が都内とは若干《じゃっかん》違うものになっている。戦争中は米軍《べいぐん》の爆撃機が皇居《こうきょ》と勘違《かんちが》いして、あまり爆弾を落とさなかったという逸話《いつわ》があり、おかげで植物と建築物が生き残った。

その屋敷内で、ナギは不機嫌《ふきげん》な顔をしていた。もっとも彼女は普段から目つきがよくないので、なにがあろうと始終《しじゅう》機嫌が悪そうに思われている。マリアや執事長《しつじちょう》のクラウスあたりは慣れているが、SPの中にはいまだにぎょっとするものもいる。

この日のナギは、本当に機嫌が悪かった。それはお気に入りのマンガが連載《れんさい》休止のまま再開しないからでも、注目していたアニメの最終回が放送されず、DVD収録になったからでもない。

原因はハヤテであった。あと、ハムスターこと歩《あゆむ》。

あの二人の仲がいいのが妙《みょう》に気に入らない。元クラスメートなのだから、そりゃいいに決まっているが、今は三千院家の執事なのだ。少しは遠慮《えんりょ》しろと言いたい。執事としての雇用契《こようけい》約《やく》を結んだ時点で、ハヤテはこの家の所有物《しょゆうぶつ》となったのである。人身売買《じんしんばいばい》を禁止した国連決《こくれんけつ》議《ぎ》？　知らん。

　歩の態度がどうも余裕《よゆう》に満ちたものとなっている。一皮むけたというかなんというか。かつては龍《りゆう》にかじられるジャンガリアンハムスター程度でしかなかったのだが、ハムスター戦車になった。

　そのためか、ナギが精神的な攻撃を仕掛けても、余裕《よゆう》の態度で受け流していた。なにしろハムスターなのでいずれボロが出るとは思うが、今は堅固《けんご》だ。

　人間的に成長する出来事があったとしか思えない。怪しいのは伊豆下田《いずしもだ》である。あそこで二人きりにしたのがよくなかったか。歩に歩《ほ》を進めさせることになったのかもしれない。「歩」だけに。

　メイド喫茶《きつさ》でも、レンタルビデオ店の件でも、全てそうだ。ハヤテも歩の変化を受け入れているらしく、違和感なく接している。そのため、あの二人がいっそう親密になったように感じられるのだ。

　まったくもって許し難《がた》い。不機嫌にもなろうというもの。

　このあたり、ヒナギクと同じような悩みなのだが、ナギには知るよしもない。

「おーい、マリ……」

　マリアを呼ぼうとして気づく。そういえば買い物に出かけているのだった。

　仕方ないので、部屋の窓から外を眺める。馬鹿みたいに広い。毎年毎年狂ったような固定資《こていし》産税《さんぜい》が降りかかってくるのだが、全てナギ個人による株の運用益《うんようえき》で吸収していた。国を初めとして、これだけの土地を我がものにしようとする人間は枚挙《まいきょ》にいとまもないが、今のところははねのけている。彼女のトレード技術のおかげだ。

だが人の心だけは、どれだけ株式運用《かぶしきうんよう》に長《た》けていても、どうにもならない。

自分の心のもやもやすら解消できないのだ。他人の心まで推《お》し量ったり、動かすのは難しい。

「ふう……」

窓辺から離れる。

「マンガでも読むか」

読むか描く。彼女の気分転換はこれだ。

「そういえば漫画ゴラクが届いていたな……素麺《そうめん》勝負はどうなっているか……」

(おいおい)

「わ！」

突然話しかけられ、びっくりして周囲を見回す。誰もいない。

「なん……ああ、お前か」

ドッペルゲンガーは、頭の中で囁《ささや》いていた。

(さすがに慣れたようだな)

「慣れてないけどな。端《はた》から見たら、アルタイル星と交信中と主張している人と、変わらないぞ」

（口に出すから奇異の目で見られるんだ。それよりゴラク読んでたのか）

「スケベなシーンはハヤテが塗《ぬ》りつぶすので読ませてもらえないんだ。でもあの雑誌からは『邪道喰《じゃどうぐ》いはいけない。熱ければ冷ませ』という食事の全てを教わった」

（十三歳の読む本ではないな）

「倉科《くらしな》先生も萌《も》えを題材にする時代だ。読んでもおかしくないぞ」

（それは別冊ゴラクだ！）

びりっとナギの身体に、電気のようなものが走った。たいしたことはなかったが、一瞬動けなくなった。

「なんだ……？」

（それよりハヤテのことだ）

「本誌原理主義《ほんしげんりしゅぎ》め。なにを言い出すんだ」

（それはもう置いておけ。またハヤテのことで悩んでいるな）

ナギはむっとして口をつぐんだ。先ほどまでの考えごとがよみがえってきた。

「ハヤテのことは考えてない。ハムスターが気になっただけだ」

（あの女は成長してるからな。ハヤテもお子様より精神がしっかりしている方が、好ましく思うだろう）

ぼんやりと、温泉でのことを思い浮かべる。アイドルマスターがどうのこうので咲夜《さくや》と騒いでいるのを、ハヤテに目撃されたのだ。

裸《はだか》を見られたと思って驚いたが、なんとハヤテには問題なくスルーされてしまったのだ。

(もしこれがハムスターだったら、ハヤテも動転しただろうな)

「……」

(だんだん、ハヤテもお前のことが眼中になくなってきたんじゃないのか)

そういえば、前に自分の風呂《ふろ》をのぞかれたときは、ハヤテも慌《あわ》てふためいていた。下田《しもだ》でそうならなかったのは、彼の意識が変わったからなのだろうか。

(どうした)

「う……うるさいな、お前に関係ないだろう」

(ないわけない。私はお前自身だ)

「前と同じことを言わせるな。ハヤテは私のものなんだ」

(しかしハムスターへの態度を見てると、そうとも言い難いんだろう)

考えを見抜かれていた。

その通りなのだ。今朝《けさ》からずっと、頭の中ではそのことで占《し》められていた。ドッペルゲンガーは脳内に寄生《きせい》しているのだから、バレて当然だが。

(ハヤテはそれほど年下好みではないようだからな。お前ではなく別の女に心を動かされるの

は当然だ）

「口をつつしめ！　勝手なことを言うな！」

（ふん。動揺《どうよう》しているのか）

少しの間だが、ナギは言葉に詰まった。

「ど……動揺なんか……」

（してないと言いたいのか。じゃあなんで、あれだけ悩んでいる）

「……」

（お前もハヤテの心を疑っているのだろう。違うか？）

「ばっ……！」

誰が見てもわかるくらい、ナギははっきりうろたえた。

「馬鹿なことを言うな！　ハヤテが私を裏切《うらぎ》らないのだから、私もハヤテを信頼《しんらい》している！

それが主人のつとめだ！」

（言い切れるか？）

「う……」

（お前は疑念を持った。得《え》てしてそういう予感は、当たるものだ）

「当たらない！　ハヤテは私を裏切らないんだ！」

ナギは力一杯断言した。借金と引き替えとはいえ、彼女はハヤテを雇《やと》った。そしてハヤテは相応の忠誠《ちゅうせい》を示してくれる。なのに自分が信頼《しんらい》せずして、どうしようというのか。

脳内の声が楽しげになった。

（そうか。ならば確認させてもらう）

「なに……？」

途端に、体内に電撃《でんげき》が走った。

さっきのよりずっと強力で、容赦《ようしゃ》がなかった。全身が痺《しび》れてしまい、たまらず膝をつく。

目の前が白っぽくなる。なんだか全身が熱くなった。同時に震《ふる》えもきて、鳥肌《とりはだ》が立つ。服が脱げるように、皮膚《ひふ》の感覚が二重になっていった。

ぬるっとした感触。なにかが身体から這《は》い出していった。

ナギは痺《しび》れるのを我慢《がまん》して顔を上げる。驚愕《きょうがく》した。

もう一人の自分がいた。

「お前……！」

「む。やはり外はいいものだな」

「どうして……！」

「お前の中で回復させてもらった。私たちは元々一つだ。戻るのにそれほど時間はいらなかったよ」

「馬鹿、どっか行け！　ここは私の家だぞ！」

「私の家でもある」

ナギは立ち上がろうとした。だが、全身が麻痺《まひ》していて動けない。

「痺れているだろ」

「うう……」

「私が二人いては困るからな。そのままでいろ」

偽《にせ》ナギは大きくのびをした。

「さて、これで私は自由だ」

「なにするつもりだ！」

「決まっている。この家の主人となるのだ」

「主人は私だと言っただろう！」

「それを決めるのはお前ではない」

「偽物《にせもの》が決めることでもないぞ！」

「そうだ。だから、他の連中に決めてもらう」

偽ナギはにやりとした。

「なんだと……？」

「極めてスムーズに入れ替わるんだ。そうすれば休みだろうとなんだろうと、運動し放題、学校に行き放題だ」

「こら！　そんなことは許さないぞ！　特に学校！」

「動けない身で叫んでも、説得力がないな」

偽《にせ》ナギは指をくいと動かした。それだけで、全身の痺《しび》れが強くなってくる。

「いいいい痛い痛い」

「暴《あば》れられると困る。ちょっとそうしていろ……おや」

偽ナギは窓の外に目をやった。

「来たようだな」

○

ハヤテは屋敷《やしき》の外にいた。逃げ出したシラヌイを探しているのだ。

現在の日本、特に東京では飼い猫《ねこ》の大半が室内飼いで、外に出ること自体が少なくなっている。しかし猫は元来外で生活する動物であり、生活テリトリーは数キロ四方に及ぶこともあった。そしてシラヌイは、子猫のせいか、野生の性質を強く残していた。

三千院《さんぜんいん》の屋敷は広大なのでシラヌイの欲求を満たすのに十分なスペースがあるのだが、ひょんなことから外に出てしまったのだ。「宅配便が来たからって、うかつに戸を開けない」というのは、防犯以外にも適用される。

「シラヌイー」

屋敷の外で、ハヤテは声を出した。聞こえるかわからないが、こうしていないと彼自身が不安になる。

「シラヌイー、返事してー」

呼びかけながら歩いた。猫に逃げられたら三日以内に探すのがベスト。さもないと生存確《せいぞんかく》率《りつ》がぐっと下がる。

「シラヌイー」

鳴き声はしない。むしろ、「不知火《しらぬい》って誰だ？　ゲームキャラ？」みたいな視線が向けられていた。

「どこ行ったんだ……」

屋敷の周囲にはいない。もっと遠くまで探すかと、走ろうとした。

と、猫ではなく人間からの返事。

「ハヤテ君」

そこにいたのはヒナギクだった。隣にはマリアと雪路《ゆきじ》。歩《あゆむ》もいる。

「ヒナギクさん……」

「聞こえたわよ。はいこれ」

ヒナギクは子猫を抱えていた。

「あ、シラヌイ」

「逃がしたんでしょう。ちゃんと見てなきゃ駄目《だめ》じゃない」

ヒナギクが猫を手渡す。シラヌイは「うなー」と鳴いていた。

ハヤテは慎重《しんちょう》に受け取った。

「すいません……。でもなんで、ヒナギクさんが？」

「見つけたのはお姉ちゃんよ。拾ったんだって」

「そうですか。先生、どうもありがとうございます」

ハヤテはほっとして笑いかけた。しかし雪路《ゆきじ》はそっぽを向いている。

「へ？」

「礼なんか言わなくていいわよ。お姉ちゃん、この子を楽器にしようとしてたみたいだから」

「……」

一応担任教師なので、「信じた僕が馬鹿でした」とは口にしない。

「あとね、歩《あゆむ》がナギちゃんに会いたいって」

「歩……西沢《にしざわ》さんですか」

「ごめんハヤテ君。ちょっとナギちゃんに会わせてくれないかな」

歩は片手で、拝《おが》むような格好をしていた。

「いいですよ。あー、でも、そろそろ夕食か……」

ハヤテは少しの間、黙考《もっこう》した。

「マリアさん、買い物はすみました？」

「ええ。おかずも買いましたよ」

マリアが買い物かごを掲げる。

「じゃあ……そうですね、西沢さんとヒナギクさん、よかったら一緒《いっしょ》にご飯食べませんか？」

「いいの？」

「えっ……」

歩は普通に聞き返したが、ヒナギクは不意を突かれたのか動揺《どうよう》していた。

ハヤテは「かまいませんよ」と言う。

「シラヌイを見つけてくれたお礼です。僕が腕によりをかけますから。マリアさん、いいでしょう？」

「ええ……。ナギも怒りはしないでしょうから」

マリアもすぐに了解《りょうかい》した。

「おかずは沢山《たくさん》買いました」

「じゃあ問題ないですね。ヒナギクさん、いいですよね」

「……いいわよ」

ヒナギクは小さくうなずいた。

「よかった。断られたらどうしようかと……あー、もちろん」

殺気に近い視線を感じ、ハヤテは急いで言い添《そ》えた。

「先生もご一緒に」

雪路《ゆきじ》がぱっと顔を明るくする。

「行くわよもちろん行くわよ。セレブの食事なんて楽しみね。きっと寿司《すし》の上に寿司を重ねたりするんでしょうね」

「ははは……」

そんな曲芸みたいな料理、アメリカ西海岸にあるインチキ寿司店にもないだろう。

全員で屋敷に戻った。

先頭を歩くのは、何故《なぜ》か雪路である。「セレブの食事」に浮かれているためだ。スキップまでしている。ここまで喜んでもらえるのはハヤテとしても嬉《うれ》しいが、ヒナギクには「お姉ちゃんにお酒だけはあげないでね」と釘《くぎ》を刺されていた。

屋敷についた。雪路が歓声をあげる。

「おおっ、ここが三千院《さんぜんいん》の屋敷か。なんと大きい」

「先生、わざとらしいです。何度か来たことあるでしょう」

「ごちそうになったことはないもん。今日ばかりは輝《かがや》いて見えるわ。ねえ綾崎《あやさき》君、ナギちゃんとこはセレブだから、ドンペリ部屋とかドンペリ風呂《ぶろ》とかドンペリ発電所とかドンペリミサイルとかあるんでしょ」

「お酒、あったかな。確か料理酒は……どっちにしてもミサイルはないですけど」

「さー、突撃だ！」

雪路は聞いていない。嬉々《きき》として敷地《しきち》内に入った。勝手知ったる他人の家とばかり、屋敷に向かう。

「ドンペリドンペリ、ロマネ・コンティ〜。……ありゃ？」

女教師は足を止めた。屋敷を見上げている。

「どうしたんです？」

「……ねえ、この家、なんか光ってない？」

「は？」

ハヤテも同じように顔を上に向けた。

ナギのいる屋敷は、うっすら青白く輝いていた。

○

二階の窓から、ナギの姿をしたドッペルゲンガーは玄関を見下ろしていた。

「ぞろぞろ大勢で、よくもまあ」

「ハヤテが帰ってきたんだな!?」

ナギは身動きができなかったが、瞬時《しゅんじ》に表情を明るくした。

「さすが私の執事《しつじ》だ。いまにお前なんか、ハヤテの昇竜拳《しょうりゅうけん》で跡形《あとかた》もなくなるんだぞ」

「このゲーム脳め」

偽《にせ》ナギは窓から離れると、ナギの近くで片膝《かたひざ》をつく。

顔をのぞき込んだ。

「安心したようだな」

「あたりまえだ。ハヤテが来てくれたんだ」

「だがお前のためだけではないかもしれないぞ」

「なんだと」

「ハムスターが一緒《いっしょ》にいた」

偽ナギは、親指で背後を示した。

「ヒナギクもいる。あとなんでか桂《かつら》先生も」

「ハムスターが!?」

それまで明るかったナギの顔が、即座に不機嫌《ふきげん》なものに変化する。

「外でなにをしたんだろうな。シラヌイを探しに行ったはずだが」

「ううう……ハヤテの馬鹿ー！」

ナギは絶叫した。ただし声帯が麻痺《まひ》しているせいで、外までは届かない。

「馬鹿ー！　浮気者ー！　それ以上ハムスターと一緒にいると、クビにするぞー！　一億五千万利子《りし》込《こ》みで返せー‼」

ハヤテは不意に身震いをした。

「ハヤテ君、寒かったっけ」

歩《あゆむ》が訊《き》く。

「いや……なんかまた無職になった気が……」

「ほえ？」

「騒いでも聞こえないぞ」

偽ナギがせせら笑った。実際は思念《しねん》だけが届いていたりするのだが、もちろんわかるはずもない。

「この屋敷は封鎖《ふうさ》させてもらった。今いるのは、私とお前だけだ」

ナギはきっとにらんだ。

「ハヤテが助けてくれる！」

「ハヤテだって、ここを突破するのは難しい」

「レット・バトラーだって北軍の封鎖《ふうさ》を何度も突破したじゃないか。執事《バトラー》なんだ」

「わかりづらいギャグだな。封鎖突破船《ふうさ》の船長ですらこの屋敷《やしき》に突入するのは困難なのだ。ましてハヤテは、超常の力を使えるわけでもない」

それはそうだった。不幸のごった煮《に》みたいな生活をしていたためか、ハヤテは強く、なにより頑丈《がんじょう》だ。だがそれは、あくまで物理的なものに限られる。

わけのわからないパワーで封鎖されているとどうなるか、まるで不明だ。

「……」

「それにハヤテは助けに来ないかもしれないぞ」

「どういうことだ」

「言っただろう。ハムスターもヒナギクもいた。普通に考えたら、あれだけ可愛《かわい》い女の子がいるんだ。無理して十三歳のお子様を選ぶ必要がない」

絶句するナギ。

今まで相思相愛《そうしそうあい》だと信じていたが、ハヤテも健康な男子。そして女性の知り合いには事欠《ことか》かないのだ。ふと見回してみると、美人あるいは可愛い女の子はごろごろしている。これは女子校に子供先生が赴任《ふにん》するほどではないにせよ、十分に危険な状況ではないのか。

「ふふ、理解できたようだな」

ナギはしばらく黙っていたが、ぽつりと漏《も》らした。

「……てくれる」

「は？」

「それでもハヤテは来てくれるんだ」

ナギは偽《にせ》ナギを睨《にら》んで、言い切った。

○

「あ痛《いた》っ！」

雪路《ゆきじ》は手を引っ込めた。屋敷の正面玄関は、電気が流れたようになっていた。扉を開けようとするとびりっとくる。即死するほどではないが、十分危険だ。長時間触れていては怪我《けが》をするだろう。

「さすがナギちゃんのセレブ屋敷ね……。金持ちは考えることが違うわ」

「いえ、こんなの僕もはじめてですけど……」

ハヤテは屋敷を眺めた。全体を見ると、建物に沿って青白い膜《まく》が覆《おお》っているようにも感じられる。侵入《しんにゅう》を拒んでいるのは明らかだ。

しかしなんでこんなものが。ハヤテが出かけたときにはなかったのだ。

「こっちも駄目《だめ》」

ヒナギクと歩《あゆむ》が戻ってくる。二人は屋敷の周りを一周していた。

「窓も全部同じ。開けようとしたら痺《しび》れちゃった」

「そうですか……って、ヒナギクさん、触ったんですか!?」

きょとんとするヒナギク。

「触ったけど……?」

「危ないですよ、そんなことしちゃ」

「だって歩《あゆむ》にやらせるわけにいかないじゃない」

「ヒナギクさんだって女の子なんですから、同じです」

「あ……ありがと」

ヒナギクはわずかに恥ずかしがりながら、礼を言った。

マリアが玄関扉《げんかんとびら》に触らないようにしながら、慎重《しんちょう》に近づく。

「困りましたね。これじゃご飯どころじゃありません」

「ええ。なんでこんなものが……お嬢様が、光子力《こうしりょく》研究所ごっこでもしたんでしょうか」

「光子力バリヤーを覚えている人も少なくなりましたよ」

「マリアさんはリアルタイムで観ていそうですね」

彼女は「どういう意味ですか。私はまだ十七歳です」とクレームをつけはじめたが、ハヤテはとりあえず無視。

「まいったな……中には他に?」

「ええと」

マリアが記憶を探りながら喋《しゃべ》る。

「クラウスさんはおじい様のところへ出張していて、タマは獣医さんのところで健康診断。SPの皆さんは元から屋敷《やしき》内に出入りしませんから……」

「……ってことは、お嬢様だけ？」

「はい……」

ハヤテの全身から血の気《け》が引いた。

「お嬢様、お嬢様！　返事をしてください、お嬢様！」

呼びかけるが、まったく返事がない。元より屋敷が巨大なこともあるが、人がいるかどうかすら、判然としなかった。

「お嬢様……いくら引きこもりだからって、こんなナバロンの要塞《ようさい》みたいなことを……」

「ナギがやったのかどうかわかりませんけど」

「とにかく、僕は中に入ります」

ハヤテは皆にそう言った。

「お嬢様の安否《あんぴ》だけでも確かめないと……」

「一人じゃ危ないわよ、私も行く！」

ヒナギクが叫んだ。ハヤテは制する。

「いいえ、お客様を危険に晒《さら》すわけにはいきません」

「友達のことなんだから、じっとしてられないわよ」

「どのみちこのバリヤーのようなものを突破しなきゃなりません。こういう危ないことは執事《しつじ》の仕事ですから……」

「ハヤテ君……」

ヒナギクは心配そうに言った。

「どっちかというと、警察《けいさつ》か自衛隊《じえいたい》の仕事だと思うわよ」

「……そういう説もあります」

ハヤテは腕《うで》まくりをした。こうなったら腕ずくで、バリヤー（のようなもの）を突破する。彼の中でこういうことは、やはり執事のやるべきことなのだ。

「じゃあ力ずくで……」

「あの、ハヤテ君」

マリアが声をかけた。

「どうせなら地下を行ったらどうです？」

「へ？」

ハヤテだけではなく、周りの人間もぽかんとしている。

「敷地《しきち》にボイラー室があるのは知ってますよね。そこから屋敷の地下に行けるんです。内部に通じてますから……」

「そうだったんですか!?」

これは執事のハヤテも知らなかった。この家はむやみに広いので、まだわからないことだらけなのだ。

「さっそく行きましょう！」

ハヤテは勢いよく言った。

「これでお嬢様を救えます！」

「屋敷の地下って、やっぱりワイン貯蔵庫《ちょぞうこ》かなにかですか？」

ヒナギクが質問した。マリアは首を振り。

「いいえ、原子炉《げんしろ》です」

「原……」

「敷地全体の電気は発電施設でまかなってます。離れにあるんですけど、地下に強力なのを作ったんです。いざというときに、練馬《ねりま》全体の電力をまかなえるようにって。ボイラー室にもマークがついてますよ」

そういえばタマがそこのボタンを押してたなあと、ハヤテは思った。

「姫神《ひめがみ》君が作ったんですけどね。頑丈《がんじょう》な上にメンテナンスフリーで、何回制御棒《せいぎょぼう》を抜き差ししても平気なくらい」

「それ本当に原子炉《げんしろ》なんですか、ていうか姫神《ひめがみ》って何者なんですかー!?」

ハヤテが叫ぶ。マリアは「なに興奮してるのかしら」みたいな顔をしていた。

ヒナギクが声をかけた。

「どうするハヤテ君、地下行く？」

「……マリアさん、地下ってどれくらいの深さなんですか？」

「四千メートルだったかしら。安全を考慮《こうりょ》してますから」

「……やめましょう。潜《もぐ》るだけで一苦労です」

ハヤテはあらためて、青白く発光する屋敷《やしき》に向き直った。

「やっぱり正面から突破するしかないようです。ドアを破ります」

「ハヤテ君……」

「皆さんは下がっててください」

彼は深呼吸をした。意味があるかどうか自信がないが、拳《こぶし》に気合いを込める。

右腕を引いた。

「たあ……！」

「待ってください……」

別方向から声がかかった。

「そのままでは中に入れませんよ？」

近づいてきたのは、和服を着た少女だった。

黒髪《くろかみ》に黒い瞳《ひとみ》。うっすらとだが、ただならぬ気配を放っている。そしてどこかぼんやりして、頼《たよ》りなさげな表情。

「伊澄《いすみ》さん！」

鷺《さぎ》ノ宮《みや》伊澄は、ぺこりと頭を下げた。

「お待たせいたしました」

「今まで、どこに……」

「ちょっと道に迷ってまして……これ、おみやげです」

「あ、どうも」

ハヤテは博多《はかた》名物からし明太子《めんたいこ》を受け取った。

「この屋敷はただならぬ力が働いています。通常の手段では破れないでしょう」

「ただならぬ……」

「心当たりございません？」

「そういえば、ドッペルゲンガーが……」

「恐らくそれの仕業《しわざ》です。ナギに取り憑《つ》いていたのでしょうね」

「伊澄さん……これ、破れますか？」

「はい」

伊澄は微笑《ほほえ》んだ。

「これくらい、なんてことありません」

和服の袖《そで》から、符《ふ》を取り出した。梵語《ぼんご》がびっしりと書き込まれている。鷺《さぎ》ノ《の》宮《みや》家伝統の、強力な呪符《じゅふ》だ。

伊澄《いすみ》はそれを、ゆっくり玄関に近づけた。

「かーいもーん」

ぼんっ。屋敷全体が煙に包まれる。

煙が風に流されると、青白い光は消えていた。

「これで大丈夫《だいじょうぶ》です」

「ありがとうございます伊澄さん。これでお嬢様を救えます！」

礼もそこそこに、彼は駆け出した。

「ハヤテ君、私も……！」

ヒナギクが慌《あわ》てて言うが、ハヤテの姿はすでに屋敷の中へ消えていた。

○

「ほお」

偽《にせ》ナギは感心していた。

「結界《けっかい》を破ったたな」

こ…これ…
お…おみあげです…
オズ
オズ
？

「それ見ろ」

ナギが喜ぶ。

「結界《けっかい》だけに決壊《けっかい》したか」

「咲《さく》にどつかれるようなことを言うな。もうすぐハヤテはここに来てくれる。そうすればお前は最後だ」

「ふん……そううまくいくかな」

偽《にせ》ナギはにやりとした。その態度に、ナギはなんとなく不安になり、

「なんだ。AIBO型ロボットとか配備《はいび》したんじゃないだろうな」

「そんな寄付金横領《きふきんおうりよう》の神父みたいなことするか。結界以上の仕掛けはない」

ならばもう、ドッペルゲンガーは終わりのはずだった。なのにうろたえる様子が全くない。

「そろそろ来るな」

「だからお前はおしまいだ」

「そうでもないぞ」

偽ナギはどこからか、ロープと手ぬぐいを取り出した。ゆっくりとナギの身体を縛《しば》っていく。

「ちょ……なにするんだ!?」

「言わなかったか？　入れ替わる。お前と私は顔も体つきも同じだ。入れ替わったところで誰にも気づかれない」

「そんなことあるか！」

「あるね。結界のことで、全員焦《あせ》っているはずだ。焦りは判断力をなくす。それに……私はお前の分身なんだよ」

ナギの全身が縛りあげられる。口には猿ぐつわがされた。

「むー！」

「安心しろ、どこかに閉じこめたりはしない」

「む？」

「その代わり、お前のことはハヤテに処分させる。私が『こいつが偽物《にせもの》だ。やっつけてくれ！』と言えば、ハヤテは従う。お嬢様の執事《しつじ》だからな」

「むー、むー！」

ナギは口を塞《ふさ》がれたまま騒ぐ。処分なのだから、要はデストロイだ。しかもそれをハヤテにやらせる気なのだ。

「むー！」

「ははは、そんなに喜ぶな」

「むー!!」

喜ぶかアホ、と言ったのだが、まともに喋《しゃべ》ることすらできない。

「安心しろ。私がここの主人になっても、ちゃんと生活は続ける。学校へも毎日行くぞ。マンガはブッ●オフに売り飛ばすけどな」

「むー!!」

ナギは床でじたばたした。偽《にせ》ナギはそれを楽しそうに眺める。

廊下《ろうか》で足音がした。

「む、来たようだ」

部屋の扉が開いた。偽ナギは笑顔を作る。

入ってきたのはヒナギクに歩《あゆ》む、それにマリアだった。

「ハヤ……え?」

「……ハヤテは?」

「ハヤテ君は一階よ」

ヒナギクが髪《かみ》をかき上げた。

「よほど慌《あわ》てているのね。上だって言ってるのに、一階から順繰《じゅんぐ》りに扉を開けて確認してるの。『お嬢様が寂しがっていたら大変です』だって。あなた幸せ者ね、ナギ」

生徒会長が微笑《ほほえ》む。偽ナギは納得し、

「なんだ。じゃあもうすぐ来るんだな」

「そうだけど」

「じゃあ、こいつはハヤテに退治《たいじ》してもらおう」

偽ナギが、転がったままのナギをさした。

「むー！」

「学校で出てきたドッペルゲンガーだ。また私を襲《おそ》ってきたんだ。屋敷に入れなかったのも、こいつの仕業《しわざ》だ」

「むー！」

「……なにを言ってるのかしら」

ヒナギクが怪訝《けげん》そうに見る。

「さあな。どうせろくでもないことだろ」

偽ナギはさらっと答える。

「……ねえ、ナギ」

ヒナギクの口調が変わった。どこに疑問を抱いたのか、疑いの眼差しになりつつある。

「あなた……」

「ヒナギク、こいつそっくりだろ」

偽ナギは念押しをした。ヒナギクは虚《きょ》を突かれ、

「そうね……」

「見分けつかないよな」

「ええ……」

曖昧《あいまい》ではあったものの、うなずくヒナギク。ナギは大暴《おおあば》れするが、しっかり縛《しば》られていて、どうしようもない。

その時、ひときわ大きな声がした。

「お嬢様！」

飛び込んできたのはハヤテだった。その後ろには料理酒を大量に抱《かか》えた雪路《ゆきじ》。

「ご無事ですかお嬢様」

「ハヤテ！　私はここだ！」

偽《にせ》ナギが、両手を広げてハヤテに抱きついた。

「あいつが偽物《にせもの》の私だ。やっつけてくれ！」

拘束《こうそく》されているナギがむーむー叫ぶ。当然なにを言ってるのか分からない。

ハヤテは見得《みえ》を切った。

「お嬢様を騙《かた》って世間《せけん》を騒がす極悪人め、覚悟しろ！」

そして自分に抱きついている少女を見て、

「お嬢様！」

「なんだ!?」

むにー。

ハヤテは彼女の両頬をつまんで、引っ張った。つきたての餅《もち》みたいに伸びていく。

「ふにににに！　にゃ、にゃにをするんだハヤテ！」

「それは僕の台詞《せりふ》だ」

ハヤテは冷ややかに言う。

「偽者め。お嬢様のふりをするな」

偽ナギは仰天《ぎょうてん》した。

「なっ……！　どうして!?　どこが違う!?」

「なにもかもだ。全然違う」

彼はきっぱり断言した。

「……くっ！」

後方に跳《と》ぼうとする偽ナギ。その腕をハヤテが摑《つか》み、背中から羽交《はが》い締《じ》めにする。

「こっ、こら、離せ！」

「偽物がいたんじゃ迷惑なんだ。伊澄《いすみ》さん」

遅ればせながら、和服を着た少女が入ってきた。手には呪符《じゅふ》。

「あら……この方が偽ナギ？」

伊澄が首をかしげる。

「ロープで縛《しば》られてますのね」

「……伊澄さん、そのお嬢様は本物です。こっちが偽物」

「まあごめんなさい」

伊澄《いすみ》は呪符《じゅふ》をひらひらさせながら近づいてきた。偽ナギは慌《あわ》てる。

「やっ、やめろ！　わたしをどうする気だ!?」

「おいたがすぎたみたいですね」

「学校に行きたいだけだ！　あとスポーツがしたい。体育の授業は積極的に出たい！」

「とてもいいことだと思いますけど……それはあなたがやることではありませんわ」

和服少女は視線を動かし、

「ねえ、ハヤテ様」

「……なにを言っても、お前はお嬢様なんかじゃない」

ハヤテは偽物に言う。

「目つきが悪くて引きこもりで、ゲーム脳でまんが馬鹿《ばか》で、スポーツ嫌いなお嬢様が学校に行くべきなんだ。別人が行ってどうする。そんなお嬢様は必要ない」

「そんな執事《しつじ》みたいなことを……！」

「執事なんだ」

彼は叫んだ。

「伊澄さん！」

和服の少女は手をかざす。

「じょれーい」

一瞬だけ呪符が輝き、ドッペルゲンガーは霧《きり》のように薄れていく。しばらく空中を漂《ただよ》っていたが、徐々にかすれて消えていった

○

翌日。

ハヤテはマリアと一緒に、朝食の片付けをしていた。今日は和風料理で、朝がゆであった。

「ハヤテ君、ナギはお部屋に戻ったんですか?」

「すぐに戻っていきました。多分、アニメのオープニングを観ながら踊ってると思います」

「まったく……そろそろ新学期なのに、あれではまた休みそうですね。学校に行きたいって気持ちは、なくなっちゃったんでしょうか」

「伊澄さんは、完全に消えたわけでもないって言ってました。お嬢様次第なんですけど」

がちゃ。食堂の扉が開く。

「ハヤテ」

「はい、なん……お、お嬢様!」

そこにいたのはナギであった。しかも白皇《はくおう》の制服を着て。

「でかけるぞ。支度《したく》をしろ」

「あのっ、もしかして学校に行くんですか!?」

「……偽物が行きたがってたし、ヒナギクもいるから……。顔だけでも出そうかって」

それからじろりとにらみ、

「勘違いするなよ。春休みのついでなんだからな。新学期から行くとは限らないぞ」

ハヤテはマリアと顔を見合わせ、にんまりとした。ナギが頬を赤くする。

「こら！　勘違いするなと言ってるだろう！　たまたまだ、たまたま！」

「分かりました。すぐに支度をしますから」

ハヤテは残りの後片付けをマリアに任せ、自室に戻ろうとする。

「僕は嬉しいです。お嬢様が学校に行く気になって」

「行くとは言ってない！　ついでだ！」

「用意してきますね！」

「話を聞け！　ハヤテ、それでも私の執事《しつじ》か!?　待てったら。マリアも笑うな！　ハーヤーテー!!」

ナギの叫び声は、屋敷内にいつまでもこだましていた。

あとがき

築地《つきじ》といいます。オープニングを書いた後にアニメを観たら「執事《しつじ》……」とやっていて、「すげえ、みんな似たようなことを考える」と驚《おどろ》きました。よろしくお願いします。

「ハヤテのごとく！」をリアルタイムで追いかけている方はおわかりでしょうが、この本は下《しも》田《だ》から帰ってきたあたりのできごとになっています。当初はもっと前、「執事とらのあな」の直後くらいにするつもりだったのですが、サンデーで西沢《にしざわ》さんが解脱《げだつ》（？）したので反映させることにしました。実は雪路《ゆきじ》と同じくらい西沢さんが好きです。

原作ものをやるときにしてはいけないことに、「関係性を変えること」があると、私は勝手に思っています。あと、古いネタを引っ張り出すよりは新しい方がよかろう、とも思っています。なので関係性に大幅な変動があった下田編後にすることは、私の中では当然の選択でした。

ところがこれが大変で、下田編は現在進行形で進むため修正に一苦労。サンデーが発売されるたびに原稿にどこかしら手を加えるという、今までやったこともない荒行《あらぎょう》を経験しました。原作者の畑《はた》先生は「好きにしていいですよ」とおっしゃっていたのですが、「じゃあヒナギクはワタルとくっつけます」とはいかんわけでして。

なんとか丸く収めたつもりですが、やはりどこかしらずれてしまったのは否《いな》めません。特に西沢さんとワタルに、ハヤテを共通の知人として認識させてしまったのは、原作から逸脱《いつだつ》したかもしれないと感じています。このあたりの責任は、全て筆者にあります。

ところでこの小説には、登場させられなかったキャラクターが数多くいます。まず咲夜《さくや》がいません。帝《みかど》がいません。ギルバートもいません。生徒会の副会長や書記もいません。鷺ノ宮《さぎのみや》家の人々もいません。タマもいません。クラウスもいません。他家の執事もいません。執事ばっかり五人集めて「コン執事（バトラー）V」とかやろうとしたのにできません。忸怩《じくじ》たる思いです。

もし続刊をやることになったら、そのあたりのキャラクターも登場させ、もっと大騒ぎするような話にしたいと考えています。どうか次もありますように。

では、挿絵《さしえ》まで描いていただいた畑先生に感謝しつつ、このへんで。

二〇〇七年四月二八日
築地俊彦《つきじとしひこ》

☆あとがき☆ by.畑健二郎

2007.5.1

昔々、大阪府藤井寺市に小説家を目指す少年がおりました。大阪芸術大学・文芸学部に通っていた少年は当時流行しまくっていたライトノベルと言うジャンルの小説をせっせと書いては「いずれドラゴンマガジンに小説の連載を持とう」と心に固く誓っておりました。

その頃、少年は中二病特有の勘違いから「自分の小説がファンタジア長編小説大賞を獲れない訳がない」と、かなり痛い事を何の疑いもなく思っていまして、書き上げた小説を意気揚々と賞に応募しておりました。しかし自分が傑作だと信じていた小説はあっさり落選。一度だけならまだしも、二度連続でかすりもしない結果。この辺りでさすがのバカな少年も薄々感じてはいた『自分の才能のなさ』を自覚。「どうしよう。小説家になる予定で大学サボりまくっていたから単位が全然足りないや……」とホトホト困り果ててしまいました。

しかし、そんな時ふと立ち寄ったコンビニで『週刊少年サンデー』を目にした少年は思い出します。「あ、そういえばオレ、漫画が上手く描けないからせめて絵だけでもと思い、アニメーターを目指して、ジブリを受け不合格。だったらストーリーだけでもと思い、小説を書き始めて賞に応募したけど落選したんだっけ……。でも結局、肝心の漫画賞には一度も送ってないや」大事なことを思い出した少年は、これを創作活動への道の最後の挑戦と決意。それから半年間、少年は大学にも行かず、全ての想いを込めて32ページの漫画を描き上げ、漫画賞に応募。そして見事、漫画賞にも落選しましたとさ☆　めでたし、めでたし☆

……なのに、そんな自分の漫画がアニメになり、ラノベになり、そしてそのイラストを自分で書いているのですから、人生って不思議ですね。

築地先生、本当にありがとうございました。そして、この小説を買ってくれたそこのあなた！　本当にどうもありがとうございます。今後とも『ハヤテのごとく！』をよろしくお願いします。それでは～☆

GAGAGA
ガガガ文庫

ハヤテのごとく!
春休みの白皇学院に、幻の三千院ナギを見た byハヤテ

築地俊彦

発行 2007年5月29日 初版第一刷発行

発行人 辻本吉昭

発行所 株式会社小学館
〒101-8001 東京都千代田区一ツ橋2-3-1
[編集]03-3230-9166 [販売]03-5281-3556

カバー印刷 株式会社美松堂

印刷・製本 図書印刷株式会社

Printed in Japan ISBN978-4-09-451009-6